➤ 一九九二年立春，《村妇》开笔，留影纪念。

刘绍棠

中国乡土文学作家。一九三六年二月二十九日生于北京通州大运河畔的儒林村。一九四八年参加革命。一九四九年开始发表作品。一九五三年加入中国共产党。一九五四年考入北京大学中文系学习。一九五六年加入中国作家协会，从事专业创作。至一九五七年被划右派时，已出版了《青枝绿叶》《山楂村的歌声》《运河的桨声》《夏天》《中秋节》《瓜棚记》《私访记》等七本书。

一九七九年右派冤案得以改正，重获创作权利。带病顽强拼搏了十八年，为后人留下了五百多万字的乡土作品。即十二部长篇小说：《春草》《狼烟》《地火》《豆棚瓜架雨如丝》《这个年月》《敬柳亭说书》《十步香草》《京门脸子》《野婚》《水边人的哀乐故事》《孤村》《村妇》。二十多部中篇小说：《蒲柳人家》《渔火》《瓜棚柳巷》《花街》《草莽》《荇水荷风》《蒲剑》《鱼菱风景》《小荷才露尖尖角》《绿杨堤》《烟村四五家》《柳伞》《年年柳色》《青藤巷插曲》《黄花闺女池塘》《碧桃》《二度梅》等。两部短篇小说集：《青枝绿叶》《蛾眉》。十一部散文短论集：《乡土与创作》《我与乡土文学》《一个农家子弟的创作道路》《我的创作生涯》《论文讲书》《乡土文学四十年》《蝈笼絮语》《如是我人》《红帽子随笔》《我是刘绍棠》《四类手记》。

《京门脸子》获得北京市优秀长篇小说奖。《敬柳亭说书》获得首届中国大众文学优秀长篇小说奖。《蒲柳人家》获得全国优秀中篇小说奖。《蛾眉》获得全国优秀短篇小说奖。中短篇小说多种被译成英、法、德、俄、日、西班牙、泰国、孟加拉、阿尔巴尼亚等国文字。

上世纪八十年代以来，不遗余力地倡导乡土文学，创作上坚持“中国气派，民族风格，地方特色，乡土题材”。他的全部作品，都是写大运河的乡土乡亲，形成了独具特色的大运河乡土文学体系。

刘绍棠文集

村妇·锅伙

刘绍棠／著

北京出版集团公司
北京十月文艺出版社

北方汉人，多是混血。要不然，西晋那“乱华”的五胡：匈奴、鲜卑、羯、氐、羌，怎么在北方无影无踪了呢？这不是无中生有的大胆假设，而是水有源树有根，一点就通的思考。我这个姓刘的人，可能是冒姓为刘的匈奴人后裔。

我是汉化匈奴人，或是带有匈奴骨血的汉人。我的乡土小说，表现出明显的汉胡文化特色。

近年，我的乡土小说更具有鲜明的家史和自传色彩。真真假假，虚虚实实；不可不信，也不可全信。下面的故事，恳请半信半疑。

——作者题记

1

北运河拦腰有个二马槽子渡口，槽北叫上河，槽南叫下河。刘二皇叔本是上河四王子村人，人所共知是胡爹汉娘的杂种。他跳槽到下河，摇身一变就成了龙种，还一手攒了个小小的村落刘家锅伙。

一千七百多年前，枭雄刘玄德的那个傻儿子阿斗刘禅，降晋亡国，从成都押送洛阳，被晋武帝封为安乐公，赐食邑安乐县。《晋书·地道记》和《水经注》都有史证。安乐县就是现今北京通州北运河西岸地域。

阿斗刘禅仍旧被软禁在洛阳，后来被司马氏毒死。他的亲属和家奴来到安乐县潞水西岸开荒种地，建村立户。潞水就是后来的北运河，西岸为安乐县，东岸为潞县，以后又合并潞水西南的漷县，形成了通州。至今千年变化不大。阿斗被毒死（公元二七一年）二十五年后，即公元三〇四年，“五胡乱华”的匈奴大贵族、五部大都督刘渊在山西临汾（当时名建平）建立成汉王朝。匈奴人本来有名无姓，为了邀买汉人民心，便自称是王昭君的嫡亲子孙。王昭君原是汉元帝的妃子，为了和番，下嫁匈奴的呼韩邪单于。昭君行前被皇太后认作女儿，冒充公主身份出塞。刘渊等自称是昭君之后，便有充分理由随母姓刘。刘渊死后，儿子刘聪继位；二刘父子只做了十四年皇上，刘聪被杀，成汉王朝败亡。有些逃散的部落，在败归路上，便在潞水河滩站了脚。听说阿斗刘禅食邑于此，只当到了舅舅家，一头栽在羊皮袄上，连忙打发一名部帅，到舅舅家认亲。谁想，阿斗刘禅的亲属和家奴狗眼看人低，不以自己当亡国奴为羞，却以跟归顺的匈奴人同姓一刘为耻；不但不认外甥，还把他们捉拿起来送交官府。他们在河西不能存身，月黑夜过河，在河东落地生根。

阿斗刘禅的亲属和家奴，在河西先后建立了公爷村、上安乐村、下安乐村、左安乐村、右安乐村、南安乐村、北安乐村、东安乐村、西安乐村、大安乐村、小安乐村、里安乐村、外安乐村……逃到河东的匈奴人，直到一千多年后，据说明崇祯皇帝在煤山歪脖儿树上吊之前，才有了个官府注册的四王子村。

当年逃亡到大河东岸的匈奴人部帅，是成汉王刘渊的四儿子，刘聪的四弟，被全族老少尊称四王子。四王子村代代相传，族长都叫王子。然而，怎么也想不到，清军入关，跑马占圈，大河东西岸的刘氏村落，都沦为清朝王室的皇粮庄子农奴。直到乾隆登基，自称是汉昭烈帝刘玄德转世，才发还了刘氏的村落土地，改变其农奴身份为甲等臣民，四王子村重得官府认可。从此，汉、匈两支刘姓和平相处，井水不犯河水。日久天长，匈奴后裔刘姓，逐渐被汉家刘姓同化，穿着、礼俗、口音已无不同之处，只剩相貌上仍有一些差异。匈奴后裔刘姓的子孙比汉家刘姓的晚生后辈，男的粗犷高壮，女的丰满泼辣，男女都野。

四王子村的家庙，原来祭祀的是刘渊的四儿子；二刘接近，匈奴后裔刘姓自愿矮半截低一头，改祭阿斗刘禅的四子刘谌。刘谌宁死不肯跟随阿斗降晋，到祖庙哭祭爷爷刘玄德，自刎身亡，可算热血男儿，不愧是枭雄血脉。然而，他的亲爹阿斗却骂他是个“不孝”的“逆子”，河西汉家刘姓的祖庙里，没有刘谌的位置。

河东匈奴后裔刘姓虽然甘愿低一头矮半截儿，但是将“不孝逆子”刘谌立为祖庙之主，这又惹恼了河西汉家刘姓，死活不认他们是同宗，泾渭分明二刘（流）不同源。只因清王朝是满人当皇上，不许汉人歧视外族人，河西汉家刘姓才不敢到河东拆庙扒房，毁田平村。

姓了一千多年的刘，在河西汉家刘姓眼里，老是个假冒伪劣，河东匈奴后裔刘姓的巴图鲁儿郎，早已不想忍辱。有个小伙子，是老四王子的嫡传正宗血脉，上无老下无小，水旱两路吃刀枪饭。论资排辈，这个以保镖为生的小伙子当上了族长，村里人叫他汉根。他刚十八九岁，还没有娶妻，当上了族长就得赶快得子。给汉根说媒的三姑六婆，摩肩接踵，前赴后继，你方唱罢我登场。蔫脾气的汉根是哑巴吃饺子心中有数，咬人的狗不龇牙，三姑六婆口干舌焦，汉根一声不吭。蔫人出豹子，他早就盯上了河西汉家刘姓的玉人儿。

河西汉家刘姓的老族长，有个小女儿，是大河两岸人所共知的美女，见过她的人都说她活像她的祖奶奶，刘备的侧室甘夫人。甘夫人的肤色白璧无瑕，有如“临风玉树”。于是，这个一千多年后的晚辈孙女，也被尊称玉人儿。想娶玉人儿的有乡下的财主富户，还有城里的官宦人家。玉人儿的老爹却自以为奇货可居，待价而沽，都不应允。他正如醉如痴做着国丈梦，一心想叫女儿当皇后。当不上皇后，占不了东宫也得住进西宫。邻村永乐店，明朝出了个李艳妃，留下一出京戏《二进宫》；自己的女儿不在李艳妃之上，也不能在李艳妃之下。同治皇帝身患杨梅大疮驾崩，西太后抱养了四岁的亲外甥载湉继位，便是光绪皇帝。一晃十三年，小儿载湉该当大婚，大婚之后便可亲理朝政。西太后颁旨天下选美。县、州、府、省护送美女进京，以备皇上选用。正宫皇后注定应是满人，玉人儿只能从嫔妃序列进身。妻以夫荣，母以子贵，如果玉人儿生个皇子，那就贵不可言了。刘老族长利令智昏着了魔。为了女儿能入选大内，他把女儿禁闭后院，日夜苦读《女儿经》《弟子规》《女箴》《女诫》等教养妇德的古书。老头子又请当年在北京城里大宅门当过老妈子的女人，教练女儿束胸、勒腰、走步、演礼。老爹高高兴兴，疯疯癫癫；女儿却吃不下饭，睡不着觉，迎风落泪，对月伤怀，人比黄花瘦。

汉根只见过玉人儿一面，一面之缘竟成天作之合。

那是两年前七月十五之夜放河灯，撒满河面的河灯像满天星，东西两岸村庄富人穷家的男女老少，步行的，骑驴的，坐车的，乘船的，从四面八方到大河观灯。

汉根光着上身，下身的裤子挽到腿根，头箍一顶柳圈儿。他奉东家之命，在一溜溜、一行行、一簇簇、一堆堆河灯中穿梭，以防风吹河灯挤挤撞撞，满河跑鸭子，灯翻起火，满河飞灰，惊吓观灯看客。扁舟虽小，也比河灯大，在河灯丛中拐来绕去，就像漂游河面的水蚊子，又名油串儿。汉根东躲西闪而又一往无前，不用杉篙，只靠柳杆，一边划船穿行无阻，一边拨正挤撞的河灯循规蹈矩。河灯的红光烟影像暮色苍茫中的火烧云，划船穿行灯巷的汉根，就像脚踩风火轮的红孩儿，引人注目，一片彩声。

玉人儿的彩声没有喊出口，注目的眼神里充满惊奇喜爱。她的老爹是河西刘姓的老族长，公爷府村的首户。全家乘坐一只楼船，楼船上下两层，下层是货舱，上层两间客房，男左女右一板之隔。男房客门朝东，女房客窗向西，男女不但授受不亲，而且互不照面。女客房窗外有一道护栏，玉人儿凭栏观灯，却见汉根比河灯更赏心悦目。玉人儿一阵恍惚，头晕目眩，像一朵落花，一片荷叶，飘然而下，扑通！栽下河灯从中入了水。

河灯又名荷灯，染绿的油纸剪成荷叶，粉红的油纸叠成荷花。一支小小的红烛插在花心上，跳动着蚕豆大小的火苗儿，远看像一只闪光的萤火虫。

汉根看见了玉人儿落水，河心水急，石磨也冲得翻转，不能刻舟求剑。他见抢救玉人儿的人扑通扑通跳下河，像大年三十煮饺子，歪嘴冷冷一笑，扁舟划向一箭之外，溜下小船蹲了个猛子。水中的玉人儿像一条白鱼，正扑进他的怀里。小船顺流而下，一去不回头，他把玉人儿抱进河东岸滩上的浅苇塘。

玉人儿活不见人，死不见尸。河西汉家刘姓在河边堆起一座孤女坟。河东匈奴后裔刘姓，在四王子村盖起一座小小的宅院。

汉根有了媳妇，媳妇生下儿子。儿子奶名叫金童，没有念过书却有个学名叫刘宗汉，长大人称刘二皇叔。河西汉家刘姓是阿斗刘禅的后裔，他不但不肯低一头矮半截儿，而且偏要高出一头长一辈儿。

金童满月，四王子村喝了三天喜酒，跑了三天旱船，唱了三天野台子戏。

2

汉根跟玉人儿在苇塘里种瓜点豆，河上风流灯散，观灯的人尽兴而归。汉根这才身背玉人儿，黑灯瞎火回到四王子村。

汉根的小院，深藏绿树青草丛中，地势突出，居高临下，就像四王子村头上戴着一顶斗笠。颇有族长官邸的神气。汉根把玉人儿背进北房东屋，放在炕上，就转身掀开墙柜，掏出一个蓝花包袱，扔给玉人儿，说："换上一身鲜亮的干衣裳。"说着，走了出去。

玉人儿打开蓝花包袱，见是一身大红的裤褂，还有一件彩裙和几样簪钗头面。

"这是给新媳妇买的喜衣，我怎么敢穿？"玉人儿低头捻着衣角。

"喜衣彩裙就是为你买的。"汉根在门外笑道。

"你诓我哩！"玉人儿羞答答啐了一口，"你过去没见过我一面，心里怎会有我这个人？"

"我家老祖宗，娶了你们汉家的昭君公主当皇后（阏氏），我也要娶个汉家金枝玉叶大姑娘。"汉根背靠门框，隔着布帘笑道。"听说你要给选到宫里当妃子，我就认定了娶你，娶不来就抢，做梦不知道入过几回洞房了。"

"我才不想受李艳妃那个罪，进宫没有几年就当上小寡妇儿。"玉人儿忽然吸溜鼻子哭起来，"我不愿当李艳妃，更不想当王昭君。"

"昭君皇后（阏氏）怎么得罪了你这位刘家姑奶奶？"汉根又嬉笑着问道。

“好马不配二鞍，好女不嫁二男！”玉人儿气得脸儿黄，“王昭君是刘家的媳妇，嫁给你们的老皇上，丢人不丢人，现眼不现眼？”

“你们刘家是把她当公主嫁过去的呀！”汉根喊冤。

“你们的老皇上死了，她又改嫁给了大太子，当上了少皇后，呸！猪狗不如。”玉人儿咬牙切齿，连呸几口。

“打人别抓脸，骂人别揭短！”汉根紫红了脸，“昭君皇后先嫁爹后嫁儿，那是两千多年前的老习俗，眼下可没有后娘嫁给前房儿子的马骑母了。”

“敢说没有嫂子改嫁小叔子，大伯子娶寡妇弟媳？”玉人儿冷笑着追问道。

“有是有……也一年比一年少……不多见了。”汉根头上冒汗脸发烧，吞吞吐吐。

“那就怪不得我们汉家骂你们是禽兽。”

“我是四王子村的族长，不是金口玉言也算铁嘴钢牙，一声令下这个习俗今年就改。”

“不光改这两桩习俗，叔伯兄弟姐妹也不许成亲。”

“依你！”

“凡是姓刘的男女，不管是不是一条血脉，都不许通婚。”

“那嫁谁娶谁？”

“男的娶汉家女，女的嫁给汉家男。”

“我不答应。”

“我牵着你奔高处走，你怎么又不要脸面，偏要甘当枉披人皮的两脚畜生。”

“你这是插圈哄我钻套哩！”

“贼子脏心烂肺，我哪里是暗算你？”

“你姓刘，我姓刘，同姓不能结为夫妻？”

“我落到你手里还敢姓刘吗？”

“谁敢逼你改姓？”

“我爹跟河西汉家刘姓，知道你把我拐到四王子村，我已经失了身，不把四王子村杀个鸡犬不留，不把我碎尸万段，怎能罢休？”

“那你改姓？”

“我叫玉人儿，玉字少一点念王，就算是王昭君的本家晚辈侄女。”

“姓王叫玉人儿，听着也顺耳。”

“玉人儿也不能叫，我改名叫胭脂。”

“胭脂就是皇后（阏氏）。”

“你是王子，我正该当皇后。”

阏氏，又读焉支、燕支、胭脂。与汉人同化的匈奴后裔，已无任何残迹，只有一支族歌传唱：

失我祁连山，
使我六畜不蕃息。
失我燕支山，
使我嫁女无颜色。

这是《史记·匈奴列传》记录的一首匈奴民歌。汉武帝元狩三年

（公元前一二一年）匈奴被击败，悲歌流徙。如今，这首悲歌竟成为硕果仅存的匈奴文化痕迹。

玉人儿改名王胭脂，补了个三媒六证，也跟汉根补行了婚礼。

偷来的锣鼓敲不得。四王子村的老人，虽不是胆小如鼠，却不敢不自认比河西汉家刘姓弱小，一回遭蛇咬，十年怕井绳。他们只盼二刘早日合一，都不愿得罪河西汉家刘姓，还是互不打扰，相安无事为上。汉根当族长，不是因为年龄大辈份高，而是由于他是长门嫡传。这些老人，有的是大伯和爷爷，还有的跟他的曾祖父平辈儿。老人们在祭祖堂里商定，一是要盖个青堂瓦舍小宅院，凤凰才算落在梧桐树上。二是吉日良辰要选在子时三刻，不声不响不惊动四邻八村。三是对外守口如瓶，不许言传泄露王胭脂本是河西汉家刘姓老族长的女儿。二人花烛成亲得挑个好日子，好日子还得选个好时辰。八个瞎子四个明眼的算命先生，挑日子选时辰都"英雄"所见略同，议定七月二十六子时三刻。

偏是与此同时，河西岸也灯笼火把照如白昼，三班鼓乐齐鸣，鞭炮声中一顶花轿出现在玉人儿的孤女坟边。原来河西汉家刘姓老族长，把玉人儿许配活着的男人做鬼妻，今晚大张旗鼓办鬼婚。这个活着的男人姓黄，小名狗杂儿，是本地一个皇粮庄头的护身打手。爹是个走船行商的嫖客，娘是个花船上的水妓。他出身低贱，一心想揪着龙尾巴上天，抬高身份向上爬。他积攒了一大笔彩礼，想娶个正道人家的女儿，却没有一家招他这个女婿。于是，他孤注一掷，千金买马骨，甘愿迎娶河西汉家刘姓老族长的亡女玉人儿。河西汉家刘姓老族长虽然嫌恶黄狗杂儿是个贱种小人，但却贪爱黄狗杂儿那一堆白花花的银子；而且，女儿孤坟只能被野狗扒尸，也就降格贱卖。玉人儿并无尸骨，黄狗杂儿的花轿只抬回一抔黄土。然而，从此他便成为河西汉姓刘家的门婿。

河东岸，汉根的花轿抬的是活着的玉人儿；河西岸，黄狗杂儿的花轿，抬的是玉人儿的坟土。河东岸锣鼓喧天，河西岸锣鼓也震天动地；河东岸的鞭炮响彻云霄，河西岸的鞭炮也震耳欲聋，两下争强斗胜，互不相让。一直吵到天光大亮，双方都怕撞着黑煞，不分胜负而各自打道回府。

但是，汉根不能算是玉人儿的丈夫，玉人儿只能更名改姓叫王胭脂，还不敢赶集逛庙，河边观灯，野台子下听戏。她不能抛头露面，一辈子是个活死人。

不是冤家不碰头，皇粮庄头打造了一条运货船，上京下卫二百八十里，往返一趟五百六。黄狗杂儿也算有一身武艺，被庄头打发到船上保镖，来往常跟汉根一路同行。汉根知道黄狗杂儿娶到“死”玉人儿孤坟上的一抔黄土，也就取得了正宗丈夫的身份。黄狗杂儿不知道活的玉人儿就在汉根屋里。他见汉根是一路镖头，又武艺高强，便胁肩谄笑，阿谀奉承，百般讨好，想交个酒肉朋友。汉根心存戒备，不想引狼入室，只跟黄狗杂儿不冷不热，不远不近，不想把一锅水烧得滚开。黄狗杂儿脸皮三寸厚，看不出眉高眼低，像一张狗皮膏药粘在汉根身上揭不下来。汉根还是百般提防，不带黄狗杂儿回自己的家，也不许黄狗杂儿进四王子村。

四王子村并不是家家都姓刘，姓刘的也不都是匈奴人后裔。就连匈奴后裔刘家，也改叫口外刘家了。三十年河东，三十年河西；大运河几百年翻了十八个身，四王子村的村民早就占全了百家姓。虽说一笔写不出两个刘，姓刘的却是来自四支八脉。一母生九子，各个不相同。不同宗的刘姓男女，就更鱼龙混杂，良莠不齐。有个以劁猪、阉驴为生的小刀刘，常到花船上嫖妓。老鸨子怕水妓怀孕，就叫他把他常嫖的水妓阉得不能坐胎。他亮出刀子正要下手，那个水妓撩开小衫。他看见这个女人的肚子上像扣了个瓢，略一估摸，竟是他撒下的种子。他把刀子收起来，马上找老鸨子替这个女人赎身，带回家拜堂成亲，没有多少日子便生下个女儿，两手双脚都是六指，起名叫杈儿。小刀刘感到奇怪，有点疑惑，掐指算了一遍又一遍，才连连叫苦上了当。原来，杈儿另有所出，自己枉担了虚名儿。

家丑不可过墙，小刀刘吃了个大哑巴亏，便想在这娘儿俩身上生财取利，将丰补歉。水妓出身的老婆，旧习难改，故态复萌，打开半扇门，关着半扇门，姘仨摽俩八九个相好。小刀刘不费吹灰之力，一哈腰就能把钱捡到手，有了钱大块吃肉，大碗喝酒，花船上找乐子，劁猪刀子生了锈都懒得磨一磨。

女儿瞄着娘的影子长。杈儿有个不走正路的娘，她的脚又怎能有板有眼？小刀刘只想在这个不是自己骨血的女儿身上赚钱享乐，更不会调教她三从四德。杈儿十三岁破了身，她娘就一边自卖一边替她拉生意。黄狗杂儿正是杈儿的一个熟客。杈儿上炕就像一只疯猫，黄狗杂儿热得发昏，就想独占，独占只有娶她。

3

杈儿长得顺眼却带一股邪味儿，像粉红惹眼的一朵狗尾巴花。从小就看她妈跟相好的男人打情骂俏，大白天光着身子在炕上滚成一团，也不遮她的眼。杈儿好像发面的馒头早熟，十三就比得上十八开窍。

那时，汉根刚死了父母，爹娘给他留下三间房八亩地，一个同宗的大伯给他家帮忙，教他农事，他又拜大河上的一个老镖头为师。三九三伏习武，一天三顿饭，常吃生冷馊臭，难得一口热菜热饭。多亏杈儿最爱招猫逗狗儿，多管闲事，汉根没有登门求助，同宗大伯也没有给她递过话，她就毛遂自荐闯进汉根家，舀水和面，点火做饭。早上的玉米楂粥，又热又黏，晌午的饼子又脆又黄，晚上的高粱米豆饭香软可口。顺口的饭菜汉根吃得多，个子也就蹿得高，力气长得快。十多岁便生得虎背熊腰，两膀九牛二虎之力，十三岁就敢要一丈八的大篙，撑一条对槽大船逆水行舟，也敢背一口鬼头大刀，跟着师父走几百里水路保镖。杈儿亲眼见过，汉根屹立大船头，挥舞手中丈八大篙，像拈弄一根灯草玩耍，活像野台子戏里争夺状元印的常遇春。他是口外刘家男女老少眼里的王子，更是杈儿口馋的一块肥肉。

杈儿想跟汉根成双结对，做个百年夫妻，可是她不懂攻心为上，只从她娘那里学会勾引挑逗的杂耍儿。五月的一个晌午，汉根水路保镖归来，在四王子村渡口下船，蹬着河滩的野草蓬蒿奔家走。这正是麦收时节之前，柳棵子地里的鸟儿在孵窝，坟边树坑里有兔子坐窝产崽，草丛里有一对对蚂蚱交配，振动着绿纱翅膀唰唰响。汉根跑跑跳跳，大喊大叫，惊飞了鸟儿，吓跑了兔子，扰散了蚂蚱，也唤起了猫在一簇野花丛里的杈儿。

小刀刘串村劁猪，牲口市阉驴，早上出去下晚才回，杈儿娘一整天都有相好的男人看望她。相好的男人一进门，杈儿娘便掏钱打发杈儿买零嘴儿吃，不到天黑不许回家。杈儿买了一大堆酱肉热烧饼，一边吃一边等候汉根到来。

汉根下船上岸，杈儿一跃而出，就像扑火的飞蛾奔过去。搂住汉根的脖子像吊死鬼（槐蚕）垂挂在槐树枝上。不等汉根开口，杈儿早把酱肉热火烧一套套填进他的嘴里。汉根正饿得心慌、心虚、心空，十套酱肉热烧饼入了肚，汉根才觉得又有了元气、活气和力气，打着饱嗝儿伸了伸懒腰，浑身骨节咯吧吧响，抹了抹嘴笑道："杈儿，多谢。"杈儿歪头斜眼儿，嬉皮笑脸，说："别忙着卸（谢）吧！我牵着你走。"说着，扯起汉根一只胳臂奔她家跑。小刀刘家在四王子村，一无同宗本家，二无亲朋好友，当年只在村外河滩的地界上搭了个窝棚落户。眼下村子大了一圈，小刀刘家也就跨入了村内，只是前后左右都没有邻居，杈儿娘的相好，你出我进十分方便。三间正房都开着后窗，踮起脚尖，舔破窗纸，看屋里的活动如指上观纹。杈儿抢前跑了两步，在窗纸上舔出两个窟窿，又回来牵扯汉根。汉根问道："哪儿去？"杈儿嬉笑道："看二狗撕皮。"

两人来到后窗下，都睁一只眼闭一只眼，从纸窟窿里偷看，只见杈儿娘光着身子一丝不挂，像一只剥了皮的白羊，跟一个也是一丝不挂光着身子的男人，搂抱着像缠绕的两条蛇，滚来滚去难解难分。

汉根像二八月看见两条狗交配，眼一迷糊头发昏，哎呀一声仰面朝天跌了个"僵尸"。醒来已被杈儿背进一片高粱地深处，厚厚一层高粱叶子铺在地垄里，他被扒了个精光，杈儿不等他脑瓜里烟消雾散，就扑上去紧搂他一溜十八滚儿。

开了荤，破了戒，汉根变成了一只馋嘴的猫，一天不偷吃鱼腥，就像大烟鬼不吸鸦片，眼窝塌坑，目光昏暗不明，打了蔫儿的谷子弯腰低了头。

镖头师父眼里不揉糠秕儿，早就看出了破绽。汉根顶风逆水撑船，胳臂打弯儿塌腰板儿，小腿肚子哆嗦脚乱步，两鬓淌下一道道冷汗。师父没有当面点破，夜静更深悄悄来到四王子村，找齐口外刘家八位长辈老人，唉声叹气坐到天明。

这天汉根保镖回来，又到河滩上跟杈儿野合，两人刚要入港，突然从四外的草丛、树坑、柳棵子、高粱地里跳出七八个膀阔腰圆的小伙子，按住正在杈儿身上采花的汉根。掐脖子拢二臂，五花大绑，装进粮食口袋里，抬到口外刘家祭祖堂，旱鸭浮水吊在房柁上。这七八条汉子抹着锅烟画鬼脸，新麻绳的鞭子蘸凉水，劈头盖脸，从上到下，打了个皮开肉烂，死去活来五六遍。汉根一不讨饶，二不呻唤，累得这几个打手汗流如雨，抬不起胳臂，挥不动鞭子。半夜三更，八位长辈老人走进祭祖堂，喝令打手退下。其中一个八十多岁的干瘦老头儿，掀开神龛的黄绫幔帐，露出老四王子那被烟火熏黑的画像。八个老头跪倒四对，脑门子碰地连磕响头，然后一边放声大哭，一边噼噼啪啪自打嘴巴。

昏昏沉沉半死不活的汉根，一见此情此景，如冷水浇头，陡地清醒。老人们在他面前的哭祖像，都是因为他的不学好，不要强，不争气，下三烂；痛感没有尽到调教之责，愧对先人，才又磕响头又打嘴巴像发了疯。

八个老头都打肿了脸，嘴角滴滴答答淌血，鼻涕眼泪，惨不忍睹。汉根扯破嗓子哭叫道："老长辈们，我一定改邪归正，你们住手吧！"

一声呼喊，镖头师父跨进大门，大步走上前去，解开吊绳，把汉根坠落下来，并没有松绑，只跟那八位老人说了声："各位老哥把心放进肚子里，三年零一节，我还你们一个败子回头金不换。”说着，把吊绳牵在手里，像牵一匹闹槽咬群的儿马蛋子，回到大河上的镖船里养伤。

一走五年汉根没有回村，可在北运河水路上一年比一年名声震耳。十八岁那年，镖头师父被水贼的毒箭射中右臂，刮骨疗毒之后拿得起筷子动不了刀。师父有心无力，不能出马上阵，便把三只金镖甩头一子传给了汉根。汉根当上了镖头，就带领大师兄小师弟，生擒活捉了暗箭伤人的水贼，替师父报了仇。

三年镖头没有失过手，船行千里路，人财保平安，汉根挣下的名声比师父还高，名气比师父还大。四王子村口外刘家二十八位年过花甲的老人，在祭祖堂里争吵了一夜，最后还是不得不拥立汉根当族长。只是还有几个七十开外的老人放心不下，生怕此子难改贪花恋草的脾性，限令他一年之内娶妻。同时，又打发当年痛打汉根的那些小伙子，闯入小刀刘家，逼迫小刀刘在半年之内给杈儿找男人嫁出去，不许招倒插门女婿。小刀刘哪敢鸡蛋碰石碾，只能一口答应。就在刘汉根娶了玉人儿之后，小刀刘急急忙忙把杈儿嫁给黄狗杂儿。杈儿娘本想高价出售，牟取暴利，狮子大开口，多要彩礼。小刀刘生怕久拖不决，惹恼口外刘家，打上门来，大祸临头。为了赶快脱手便减价处理，反倒叫黄狗杂儿白捡了个便宜。

汉根没有娶杈儿，杈儿也没想过嫁到口外刘家当媳妇。口外刘家虽不是财主富户，门槛却高，两家门不当户不对，四王子的后人，不能娶个花船水妓的女儿。汉根一去五年不回，破了身的杈儿，没有一天守身如玉。汉根十八岁在北运河上保镖出了名，杈儿在家里招蜂引蝶也抢了她娘的生意。她跟汉根早已无情无义，跟玉人儿更是前世无冤，今生无仇，偏对这小两口儿怀有一肚子醋意，一心要给汉根和玉人儿的粥锅里撒把耗子屎。

喜日一天天临近，杈儿便兴妖作怪闹起来。她不怕花轿旧，也不嫌嫁妆少，只要婚礼风景这边独好。杈儿就像到饭馆叫菜，进园子点戏，一要请汉根送亲，二要请玉人儿搀轿。北运河风习，姑娘出嫁，送亲的都是本家或是近亲的男子，搀轿的也必须是本家或近亲的女子。搀轿的女子把出嫁的姑娘扶进花轿安坐，送亲的男子护卫到男家。杈儿虽然姓刘，却不是口外刘家的血脉。如果汉根给杈儿送亲，就认可了杈儿跟口外刘家是同宗，抬高了她和她家的身份。杈儿虽然只知道玉人儿叫王胭脂，不知道王胭脂本是河西汉家刘姓的玉人儿，但是只要汉根的媳妇给她搀轿，也差不多能起到汉根送亲的影响。

汉根理所当然一口回绝，玉人儿更不愿鳌里夺尊，惹杀身之祸。杈儿还不死心，又催逼黄狗杂儿请汉根，汉根仍是不肯赏光。杈儿妒恨交加，气得全身的窟窿都起火冒烟，又驱赶黄狗杂儿三到汉根门下，长跪不起。汉根有些心软，正要开口答应，那几位口外刘家的打手包围上来，把黄狗杂儿打得屁滚尿流而逃。

杈儿恶气难消，说出她十三岁时跟汉根的那段露水孽缘，这一来黄狗杂儿便跟汉根结下了不解之仇。

4

汉根和玉人儿不赏杈儿的脸，杈儿气出个牛肚子，像一条疯狗狂叫乱咬。她一要花轿花团锦簇，二要嫁妆五光十色。花轿行街三日，鼓乐吵闹三天，吵得汉根三日不敢出门，闹得玉人儿三天睡不着觉。强压一头，开心取乐，七窍才能出净了火气。黄狗杂儿在杈儿面前是一团软胎子的黏泥，捏成狗是狗，搓成猫是猫，就是叫他上天摘星星，他也一口答应，忙搬梯子。他找皇粮庄头，借下一笔三翻四跳的驴打滚儿。三翻四跳就是一年四季翻三回利息。腊月三十年根下不能本息还清，来年本息就要跳龙门，即一跃龙门身价十倍。黄狗杂儿火烧眉毛，不得不饮鸩止渴。就像干锅爆螃蟹，螃蟹被烤烫得嘴里冒烟，烤螃蟹的人倒下盐水，干渴难熬也只得大口大口咽进肚里，待到爪壳焦红，也就肉熟味美，正得下酒。借驴打滚儿，不押房子得押地，不押地那就押房子，黄狗杂儿房无一间地无一垄，只得押上自己的一百多斤。皇粮庄头觉得黄狗杂儿不值那么多钱，仍不肯借。黄狗杂儿空手而归，杈儿一听火起，说："那就押上我的半个屁股一条腿！"黄狗杂儿回禀皇粮庄头，皇粮庄头眉开眼笑把银子给了他。

拜堂成亲如同新盖的茅房三天香。黄狗杂儿又得为货船保镖出远门。杈儿留在家里没有一夜独守空房，皇粮庄头常来陪她消愁解闷儿。杈儿天天吃香油白面，身上就像汤锅里刮了毛的猪，被屠户吹得滚瓜流油，白胖肥嫩。

黄狗杂儿每趟出船回来，黑夜被窝搂抱着杈儿，从头上到脚下摸了个遍，每一回的手感，都觉得杈儿身上长了肉。杈儿怀胎一个月，不知不觉；杈儿怀胎两个月，不知不觉；杈儿怀胎三个月，不知不觉；杈儿怀胎五个月，黄狗杂儿的手刚一碰杈儿的肚皮，就被肚皮里的胎儿打了一拳踢了一脚。黄狗杂儿两只手横掐竖算，二一添作五，逢五进一十，怎么掐算也不像是自己撒的种子。他虽然不怕戴绿帽子，可也不想吃这个哑巴亏。

一不打，二不骂，三不审，四不问，黄狗杂儿枕边上花言巧语，套得杈儿口吐真言摸她的底。杈儿不是沾酒就醉的孬种，迷魂汤连喝几水筲，方寸一点儿不乱。黄狗杂儿的花花肠子三丈三，抻出来绕在杈儿腰上像一条蛇。一个男盗，一个女娼，钩心斗角不下三百回合。

“我……还是把……肚子里牛黄狗宝……吣给你吧！”杈儿打了个大大的哈欠，好像招架不住，犯困只得告饶，“孩子是刘汉根的。”

黄狗杂儿打着滚儿哈哈大笑，说：“你当我是奶黄子没褪哩！我跟汉根一条河上保镖，虽不同船是同路，算不上形影不离，也说得上眼睛盯着脑勺子，我就没见过他离船一步。”

“老虎还免不了打盹儿，你就不会给鹰啄了眼？”杈儿冷笑道。

“木鱼子不敲不响，砂锅不砸不漏！”黄狗杂儿连拍他的狗头狗脑，“有一回他媳妇生儿子，他回家看了三十天娘娘庙，办完了满月才回船。”

“这一个月他可没有吃素。”

“难道在你身上开了荤？”

“给他拉进柳棵子地，打了三回野食儿。”

“你不闭门家中坐，到柳棵子地不是给猫嘴子里送鱼虾？”

“我没卖给你死契，你敢不许我走娘家！”

“原来你嫁了人还不收淫心，又给你爹妈卖肉挣钱呀？”

“放你妈的屁！姑奶奶闭眼跳火坑，从打嫁给你这个尿种那一天，就打算放下屠刀，立地成佛。”

“该是改邪归正，弃恶从良。”

“不是汉根撕掳了我，姑奶奶进不了烈女庙，也得挣一座贞节牌坊。”

“饿死事小，失节事大，汉根撕掳你，你怎不一死相拼呀！”

“我想你娶我虽没花个金山银垛，也借下一屁股两肋债，不能叫你鸡飞蛋打，人财两空，才没有菜刀抹脖子，歪脖儿树拴绳上吊。”

“菩萨心肠儿。”

“你得替我报一箭之仇。”

“手起刀下，人头落地？”

“脑瓜子掉了不过碗大的疤，我想看你亲手把他剁饺子馅儿。”

“一刀一枪，拳打脚踢，我不是他的对手。”

“明枪易躲，暗箭难防，你不会把汉根的儿子扔井里吗？”

“狠毒莫过妇人心，杈儿你是蝎子精。”

“黄狗杂儿，撅屁股我就知道你拉什么屎！你是吃着碗里看着锅里，吃腻了我这五花三层红烧肉，又想尝一尝汉根媳妇那缺油少盐的大酱拌杨芽？”

这也算得是不鸣则已，一鸣惊人，黄狗杂儿大吃一惊，又好像并不意外。他干笑了两声，忍不住淌下口水，说：“杈儿，我……连见都没见过……汉根媳妇，哪有……这个邪心？”

“那你就当一回飞檐走壁的采花淫贼呀！”

“罪过，罪过……我怎能对不起你？”

“老娘不是醋坛子。”

“谢主隆恩。”

“你给汉根媳妇脸上抹了黑，才算报答了老娘。”

黄狗杂儿伸出舌头，舔着口水嬉笑道，“那……你叫我打狗……我不敢骂鸡，你叫我……扛锄，我不敢……扶犁……”

杈儿淫乱恶毒，却又缺心少肺，听风就是雨，想一出唱一出，全不顾利害得失。黄狗杂儿可比她心里明白，汉根不但武艺高强，而且心计过人，称得起文武兼备，算得上智勇双全。他胆敢冒犯汉根媳妇，那才是老鼠舔猫鼻梁子，活腻了找死。而且，四王子村口外刘家，有八九十户，五六百口人，他敢碰汉根媳妇一指头，口外刘家的打手，一人一巴掌，就把他捣成肉泥，搅拌死猫烂狗，肥葡萄架。

不过，汉根媳妇也真叫人纳闷儿，令人好奇，嫁到四王子村已经几年，不但旁支外姓的人没见过她的面，就是口外刘家的男女老少，也没有几个人见过她。

偷看汉根媳妇一眼，黄狗杂儿有这个胆子，也有这个兴致，为了博取杈儿的欢心，便假意答应下来。

两人脱衣上炕，吹灯钻进被筒，正要驴打滚儿狗扯羊皮，忽然屋外有人连敲窗棂，急如鼓点，紧似冰雹。

“谁？”黄狗杂儿扫了兴，慌忙下马。

“老大，官府来了两位马快，找你问话！”窗外的人，压低嗓子。

“不长眼的狗瞎汪汪！”杈儿怒骂，“等老娘抽完一袋烟，放你们老大回去。”

“人命关天，十万火急！”窗外的人连连跺脚，震动得窗纸哗哗响。

黄狗杂儿一听就知大势不妙，挣脱杈儿的死缠活绕，穿上裤子，光着上身和两脚，顾不得走正门，一个饿狗抢骨头，从窗口蹿扑出去，来人把他背起来撒腿就跑。

“哪儿来的马快，你他妈的是调虎离山吧？”黄狗杂儿笑问道，“你把我从这个娘儿们身上揭了下来，我不光不恼你，还算你救驾有功。”

“老大，你死到临头了！”身背黄狗杂儿的傻大个子，累出一身臭汗，像一匹走马打着响鼻儿，“两位马快，给你递个密信：县里衙门，接到河西汉家刘老族长的状子，告你停妻再娶，逃不过狗头铡。”

“我他妈的又不是陈世美！”

“别忘了你是河西刘家老族长的门婿，娶过他家大小姐玉人儿。”

“我雇了花轿又买棺材，抬回的是一袋子黄土，从那以后，他家就不认我这亲戚。小舅子结婚，我上赶着送礼，他家男的骂我女的啐我，全堂厚礼扔出了墙外。”

“刘老族长的状纸里，说玉人儿还活着，你就不该又娶一个杈儿。”

“这不是白日见鬼吗？”

“有人见过玉人儿。”

“谁？”

“一个卖绒花彩线的小贩。”

“他怎么认得玉人儿？”

“玉人儿从小就买他的绒花彩线。”

“玉人儿现在哪里？”

“早当了汉根的媳妇。”

“快把我背回船，我要报夺妻之恨！”

黄狗杂儿像一条疯狗，在傻大个子身上闹腾喊叫起来。

回到船上，黄狗杂儿不得不低眉下眼陪伴两名马快猜拳喝酒，奉赠两锭鞋银（跑道的钱），打躬作揖送两位上差满载而归。这才换上一色黑的紧身夜行衣，青布包头，鱼鳞裹腿，身背一口双刃刀，腰插三只飞镖，弯腰曲背，缩头探脑，摸向四王子村汉根家。

5

四王子村东西南北都围着沙冈，很像元大都的土城。沙冈四框之内，有一座龟背高台，口外刘家聚居在龟背高台上下，祭祖堂和族长家，都在龟背高台上。龟背高台像一顶官冕顶戴，汉根就像顶戴上的红玛瑙珠子，地位最高，引人注目。汉根家后窗的灯光，十里外都看得见。汉根水路保镖，有时难免夜晚走船，他那一双眼睛，含情目光留连他家的后窗口。他能想见，玉人儿在灯下不是飞针走线，给他缝衣做鞋，就是哼着催眠曲，给儿子喂奶哄睡。船一走远，灯光模糊了，他的眼眶也潮湿起来。一回又一回，一回比一回心疼，也就越来越不想浪迹江湖。今年冰封了河道，他便挂镖收盘，从此，回家陪媳妇抱孩子，牵牛荷锄犁地为生。

时令已是白露，眼看就到中秋节。小雪封地，大雪封河，还差一个多月。他护卫的运货船，一到北京东便门靠岸，他就直奔果子市，买齐了干鲜果品。有一块月饼像一张大荷叶。还砍了一个猪头割了一刀子肉，喜兴兴回家团圆。

汉根每回出外保镖，玉人儿便大门不出二门不迈，关门闭户将自已紧锁在高墙小院里，在祖宗木主和堂屋佛龛前，早晚各点一炉香，晨昏三三九叩首。祷告祖宗和神佛，保佑汉根船行千里路，不要遇到强人拦劫、血光之灾、顶风冒雨、帆倒船漏；也不要被蚊子叮着，跳蚤咬着，千万不能吃夹生饭和死鱼烂虾，坏了肠胃。掐着指头算日子，汉根回家前三天，玉人儿就心慌意乱，扫房糊窗，白窗纸上仍爱粘贴红喜字，还剪贴了鸳鸯戏水和喜鹊登枝。拆洗被褥叠得方方正正，香蒿熏得香了个透，虽没入洞房的被褥里那些核桃、花生、栗子、桂圆，睡起来却更暖身贴心。玉人儿爱干净，汉根水路往返，一天在河里涮过八遍，身上没有一点泥污，她也要给汉根烧一锅煮丁香叶子水，头上脚下洗个遍。丁香叶子水洗身子，能留下文墨气味。玉人儿见着月信之前，在她家后院的家馆里念过《百家姓》《三字经》《千字文》，还有一本《烈女传》，学过一个冬季的珠算，教她的都是七十开外的老先生。月信初见，便辞退了先生，除了针黹女红，纸、笔、墨、砚看都不许看，更不许摸一摸。女子无才便是德，到她嫁给汉根之前，几年没写过一个字，没见过一本书。幼年学书，如春雨点点入地，嫁到汉根家，学过的字念过的书又重放光芒。又是一年春草绿，依然十里杏花红，她会写对联。逢五进十、逢十进一，一退六二五，她会打算盘。汉根夫君见字如面，她还会鱼雁传书，嘘寒问暖。玉人儿把握着汉根那粗腕子大手，教会汉根写自己的名字。从此，口外刘家有了头一个文化人。近朱者赤，近墨者黑，跟着能人长本事。汉根跟玉人儿同床共枕两年多，已能看唱本写账簿，堪称四王子村口外刘家的大儒，汉胡合流又进一步。

玉人儿的手，不光会缝衣做鞋，扎花绣朵，还会煎、炒、烹、炸、煮、熬、蒸、烤，菜团子三鲜饺子味儿，玉米面的发糕比细箩白面的馒头还好吃。

玉人儿做得饭菜，汉根进门就能大吃大嚼。她坐在丈夫身边，丈夫吃完一碗她盛一碗，自己并不动箸，一双笑眼盯着吃得像风卷荷叶的丈夫。佛受一炷香。汉根一声不吭只顾吃喝，玉人儿便脸上挂起了阴云，眼里噙满泪花。汉根察言观色，吃一口喊一声好，哄得玉人儿眼常含笑眉挂喜色。

中秋节快到了，玉人儿早已眼巴巴等候汉根归来。她生下一个大胖小子，像一枝红杏出墙盛开，有时照镜子，也隐隐约约看见，前额出现几道浅浅的抬头纹。她疑心自己见老，便留心打扮起来。她反扣饭碗，在碗座上捣出凤仙花汁，搽红两颊，又描了眉裁了鬓，还觉得不够尽兴。这时，龟背高台下，有个卖花小贩吆喝："五彩的绒花咧，红、白、紫、绿、蓝！"她也没顾得多想，隔墙喊叫小贩站住，急忙推门走出去，三步两步下了龟背高台。

卖花小贩是个白胡子老头儿，扛着黄米谷秸的草把，草把上插满了百朵绒花。

多年不见，卖花老头儿仍旧认得出玉人儿的原来面貌。玉人儿当年买花，目不斜视，眼不旁观，压根儿就不知道卖花老头儿是怎么个人模狗样儿。

果然，汉根进门一看，玉人儿比平日更俊俏十分。鬓角那一枝红绒绿绢灯笼花，十分娇艳夺目。

"这朵花照得人两眼冒金星！"汉根双臂紧箍住玉人儿的身腰，在玉人儿脸上左一口右一口啃个没够。

玉人儿虽是小姐身子，却贪爱汉根的粗犷有力和口外人的野气。汉根武艺高强，两只胳臂一较劲，枣木杠子打在胳臂上，咔嚓一折两断。这两条胳臂把玉人儿搂在怀里，玉人儿就像开了春的一堆雪，贴住汉根的胸脯便化成开了锅的热水。汉根的两腿，站在船头撑篙，十八匹马也难把他动摇三寸。玉人儿跟他交颈叠股而眠，也就像小鸟依人，睡得香甜不做噩梦。

“我见老了，怕你硌眼，就插了朵花，讨你喜爱。”玉人儿脸比绒花红，埋在汉根胸前。

汉根一只手拈弄着玉人儿头上的红绒绿绢灯笼花，笑道：“石老磨比李逵还粗三圈儿，想不到他倒有挑花选朵的眼力。”

他常年出外，保镖走船跑码头，玉人儿孤身女子一人守家，多有不便。汉根和本家老长辈，更怕她遭到歹人暗算，便挑选口外刘家的众多打手，排班下夜，给汉根家看门守户。汉根家不但闲人免进，而且闲人免看，天一黑就不许外姓旁人上下龟背高台。白天，她买个针头线脑，打油买醋，都由石老磨跑腿。这个石老磨，是口外刘家祭祖堂的香火长工，还是汉根爹当族长时收留的孤儿。石老磨奶名磨盘，八岁时随母改嫁给四王子村一家姓刘的厨子。这个厨子不是口外刘家的同宗，住在村东头。刘厨子为人财狠食黑，磨盘的饭量又大，就不愿意多这张嘴，非打即骂，伤痕累累。数九寒冬，磨盘披着一块光板秃毛羊皮，光着两脚没鞋穿，衣不蔽体而又肚里无食，手里端一只破瓢，拄着一根打狗棒，沿街乞讨馊饽饽冷饭，不如一条丧家犬。汉根爹可怜这个孤儿，把他领回家去，整整一冬吃得饱穿得暖，个子蹿高了一头，膀阔腰圆扇子面胸脯。就在这年年根下，汉根出生，磨盘把汉根当自己的亲生胞弟。他一边跟汉根爹习武学艺，一边给口外刘家祭祖堂的香火田放牛锄草，收了工哄汉根玩。汉根四五岁练起童子功，汉根爹叫磨盘教汉根压腰劈腿拿大顶，还受过汉根一拜。磨盘力大如牛，十三四岁就小卒子过河顶大象，成了祭祖堂香火田的跟趟子长工，一年吃饭之外能挣五石玉米。他一粒不敢糟踏，赶一辆小毛驴车，送到汉根家报恩。汉根爹闭门不收，喝令他送交他的老母尽孝。汉根爹不光叫他给亲娘养老送终，还叫他将后爹刘厨子赡养到死，入土为安。汉根爹病重，磨盘从大腿上割下一大块肉，扔进药锅里熬汤，又到妙峰山娘娘庙跪香，为汉根爹祈祷长生。汉根爹回光返照了几天，便撒手归西，羽化登仙。汉根还小，磨盘披麻戴孝，背灵出山，刨挖墓穴。他跳下坑，躺倒丈量宽窄，哭得七死八活，嘶哑了嗓子，一个月一字不吐。他还在汉根爹的坟边搭了个窝棚，守了三年庐，不剃头不刮脸，像个连毛僧。虽然他至多只算是汉根爹的螟蛉义子，但是口外刘家的老长辈，已经把他当成本家子弟。每年祭祖，允许他跪在汉根身边。汉根更把他尊如长兄，称他为老磨哥。汉根外出，就拜托他护卫玉人儿，他比关云长给二位皇嫂保驾还尽心竭力。玉人儿不是皇嫂而是弟妹，他严守乡俗，只在汉根家院外巡逻，从不进门一步。男女授受不亲，玉人儿买个针头线脑，隔着门板吩咐石老磨打油买醋，门开一缝，油瓶醋坛放在台阶。石老磨买回针、线、油、醋，隔着门板吩咐玉人儿取回：玉人儿脚步声一到门口，石老磨便赶忙离去，不搭一句话，更不看一眼。

“不是老磨大哥替我买的花，是我亲自挑选了这一枝。”玉人儿把绒花从鬓角拔下来，夹在汉根耳丫上。

汉根一听就脸色大变，气恼地喊道：“你出头露面，鬼祟进门！”

“我嫁给你两年多，坐下两年多牢！”玉人儿也忍无可忍，百依百顺的多情女子，变成了大喊大叫的泼妇，“到哪一年，哪一月，哪一天，我才从雷峰塔下钻出来。”

“你爹一死，我陪你走遍二百八十里大河的十二码头！”汉根换上笑脸。

“不许你咒我爹！”玉人儿没想到汉根竟是这般铁石心肠，跑进屋里又插上了门闩。

她想听汉根站在窗下告饶。

汉根却没有一点动静。玉人儿气得头昏胸闷，倒在炕上睡了个大觉。醒来，已是月上柳梢。她从窗眼向外看去，树影摇曳，不见汉根踪迹，又是一阵胸闷头昏，躺倒炕上，迷糊起来。

睡梦中，忽听房顶上一声鬼叫，好像有个斗大的南瓜叽里咕噜滚下来，哗啦吧嚓！摔落窗前地面。

玉人儿忘了危险，开门扑身一看，只见月光中汉根头顶着天，脚下踏在黄狗杂儿的胸口上。

6

汉根保镖八年多，当了三年镖头，胆大心细，看三步棋。不怕一万，就怕万一。卖花老头儿虽不是恶人，但不能不防他嘴漏。走村串街，耳闻目睹，无奇不有，难免与外人道。言者无心，听者有意，便会给玉人儿招来灭顶之灾，给汉根带来飞灾横祸。

玉人儿不知深浅，不懂利害，汉根却不能不多加小心。他没有进屋，扭身便到祭祖堂香火团找石老磨。石老磨听后只怪自己眼瞎、耳聋、腿懒，竟没有看见卖花老头儿，也没有听说此事，更追悔莫及。

“那老花贩子的漏嘴赶得上筛子。”石老磨连连跺脚，拍打剃得锃光瓦亮的脑瓜顶子，“你回家陪弟妹吧！我日夜给你打更，眼皮都不眨。”

汉根苦笑了一下，说：“玉人儿恼了我，不许我进屋。我还没吃口饭喝口汤，你给我当一回伙头军吧！”

老磨做得粗茶淡饭，汉根吃饱喝足，打坐闭目养神。习武的人有如耕田的马，打个盹儿像睡够一个时辰。他浑身的力气充足，便回到自家院外，猫在柳丛中。

黄狗杂儿像一只偷鸡的黄鼠狼，手脚落地，贼溜溜爬进四王子村，竟一路通行无阻。他摸到汉根家后窗下，眯起一只眼看，只见屋里灯明火亮，炕上玉人儿合衣而卧。他旱地拔葱上了房，不想背后有人猛踢一脚，他也就像南瓜滚下房顶。强忍住四肢疼痛，刚想从地上爬起来，汉根的大脚像一扇磨盘压住他的胸口。

“黄狗杂儿，谁打发你来害我？”汉根又亮出了刀。

“我来报夺妻之恨！”黄狗杂儿喘着粗气，喷出陈年茅坑的恶臭。

“咱俩的老账早就两清了！”汉根只当这个家伙重提他跟杈儿的陈年旧事。

这时，被惊醒的玉人儿推门出屋，黄狗杂儿伸手一指，嘶哑喊道：“我跟她有龙凤帖子大红婚书！”

“那是河西刘家把玉人儿当成死鬼，才把朱砂卖了个红土子价。”汉根冷笑。

“不管是死鬼还是活人，反正我跟玉人儿有三媒六证。”黄狗杂儿一副无赖嘴脸。

“你这个癞蛤蟆怎配吃天鹅肉！”玉人儿啐骂道。

“我知道狼行千里吃肉，狗行千里吃屎。”黄狗杂儿在汉根脚下摇尾乞怜，“玉人儿归你，我得杈儿，这叫你吃肉我啃骨头。”

“那你找上我家门来，居心何在？”

“刘老头子告我停妻再娶，我只得跟杈儿散伙，讨回玉人儿。”

“你做梦！”玉人儿又敲着边鼓骂道。

“我杀了你！”汉根狠踢黄狗杂儿一脚。

黄狗杂儿被踢得哎哟痛叫，说：“杀人偿命，欠债还钱，难道你忍心害得玉人儿当寡妇？”

汉根倒吸一口冷气，喝道：“掏出你肚子里的狗下水！”

“你高抬贵脚，我爬起来。”黄狗杂儿站了两站，叫声哎哟又咕咚躺倒，“你把我摔了个一佛出世，二佛升天，不掏钱给我治病养伤，我就黏在你家院子里鬼叫连天。”

汉根息事宁人，弯腰搀他，说：“我割肉喂你这只狼。”

“孩他爹，小心他暗箭伤你！”玉人儿喊叫着扑过来。

“娘儿们是母狗心，谁爬跟谁亲。”站起身的黄狗杂儿龇牙咧嘴，“小娘子，我是你的本夫，怎就不疼我一疼？”

“黄狗杂儿，你满嘴喷粪，我切下你的脑瓜子，拴在竹竿上钓王八！”汉根扯起黄狗杂儿后脑勺的猪尾小辫，割下一寸长短，抛在地上，踩在脚下。

“汉根，我甘愿吃亏，告官不如私了。”黄狗杂儿不敢撮火，“你给我十两白银五亩地，我把龙凤帖子大红婚书退给你。”

“如意算盘打得够响！”汉根哈哈大笑，“你是白得了钱财又消灾，免了一场官司。”

“汉根，这话我听着耳生。”黄狗杂儿装傻充愣，乱眨巴眼儿。

“别忘了你霸占活人妻，罪该万剐凌迟。”黄狗杂儿有恃无恐，面无怯色。

“看来你是逼我无毒不丈夫了！”汉根难压怒火，跳出三步，抱刀拱手，“姓黄的，进招吧！”

“汉根，饶命！”黄狗杂儿双膝跪倒，磕起响头。

嗖，嗖，嗖！三支弩箭快似流星，直刺汉根面门两眉之间。

汉根早有提防，手中大刀叮叮当当，接连将三支弩箭拨落尘埃。

“好你个狼心狗肺的小人，我早料到你会有这一手！”汉根飞身一跃，大刀劈向黄狗杂儿头顶。

黄狗杂儿慌忙撤步，闪躲到玉人儿背后，刀搁玉人儿脖子上，奸笑一声，说：“汉根，你敢跨前一步，我就叫玉人儿给我垫背。不能同年同月同日生，却是同年同月同日死，也算合葬并骨的一对夫妻。”

“狗贼，好男不欺女！”

“我放了玉人儿，进屋抢你那个千金不换的儿子。”

“你杀了我吧！留下孩子一条命。”玉人儿哭喊道。

“我一不杀你，二不害孩子。”黄狗杂儿一副贪相，“只要你家的地契银两。”

“我给你！”汉根点头答应，“你也得把龙凤帖子大红婚书退还我，走马换将，半斤八两。”

“且慢！”黄狗杂儿死抓着玉人儿脖领，皮笑肉不笑，“我得把玉人儿送回娘家，连同龙凤帖子大红婚书，交还老岳父，换回他的状子。”

“我倒想满口答应，只是还得问一问我这口刀。”汉根刀光闪闪，寒气逼人，“这口刀是个忠臣，比得上赵子龙长坂坡保主，不许你害得它的主母羊入虎口。”

“我跟他去！”玉人儿临危不惧，视死如归，“虎毒不吃子，老爹不会把我逼上死路。”

“玉人儿，天色已晚，你就在我船上留住一夜。”黄狗杂儿色迷迷垂涎三尺，“明天起早送你回娘家，伤不了筋也动不了骨。”

“黄狗杂儿，你不拉人屎，就怪不得我刀下不留你的狗命啦！”汉根青筋暴起，刀尖直刺黄狗杂儿咽喉。

“你的刀砍你老婆吧！我可要亲手掐死你儿子。”黄狗杂儿猛搡玉人儿到汉根刀前，转身就进屋，想掐死孩子之后跳窗而逃。

他刚一扭头，突然一阵眼花缭乱。劈头迎面飞来一个绳套，就像哪吒投出了乾坤圈，本地人管这一招叫套白狼。黄狗杂儿慌忙抽刀乱砍，不想钻圈入套被勒死。

那个投绳的人，百投百中，不差分毫，指哪儿套哪儿，正拴在黄狗杂儿的喉头下。他就像垂钓的渔翁，三把两把拽着绳子，就像渔翁抬竿收线起鱼。黄狗杂儿嘴里呜呜呀呀，双手抓挠前胸，像干锅爆鱼垂死挣扎。

墙头上，投绳的人仰面朝天连声大笑，声震屋瓦，震耳欲聋。

“老磨哥，松手！”汉根急叫。

石老磨松开了绳索，黄狗杂儿软囊囊倒地，七窍出血，舌吐三寸。

“死了！”石老磨从墙头跳下来，把黄狗杂儿的死尸踢了个翻身，“怎么连一只蛤蟆都比不上，蛤蟆临死还能蹦三蹦。”

“杀人死罪，老磨哥你把黄狗杂儿的尸首刨坑一埋，我到口外躲一躲。”汉根脸上挤出一抹笑影，故作镇定，强装欢颜，“口外无法无天，我把罪名带到口外。铁打的衙门流水的官，过几年换了知州县令，风声一小我就回来。”

“孩他爹，我们母子跟你走！”玉人儿舍不得汉根远离久别。

“口外天冷地荒，人烟稀少，我不想叫你们母子陪我吃苦！”

玉人儿横下一条心，说：“天下只有享不了的福，没有受不了的罪。”

“那你进屋收拾行李包裹。”汉根吩咐了玉人儿，又催逼石老磨，“赶紧埋了黄狗杂儿，送我们上路。”

石老磨夹着死尸，像夹一条死狗，跑向河滩。过了不到一袋烟工夫，汉根和玉人儿刚捆起两床被子，石老磨走得快回来得更急。

“兄弟，弟妹，大事不好……”石老磨大口喘着粗气，气如阵阵热风，“我在河边……碰见一拨和尚……一拨尼姑……就把黄狗杂儿的死尸扔下了大河喂老鼋，急忙飞跑回来给弟妹报丧……”

“谁死了？”汉根心怦怦乱跳。

“和尚、尼姑到河西刘家……念经超度亡灵……”石老磨喘得张大了嘴，冒着热气像死灰复燃的灶门，“刘老族长……活够阳寿……升了天。”

“爹！……”玉人儿昏厥，像一团芦花柳絮，被汉根紧抱怀中。

7

河西刘姓的老族长，不愧是安乐公刘阿斗的嫡直后人，身无一技之长，却吃了一辈子安乐茶饭，吃得脑满肠肥，肚子大得像身怀六甲。他文不能提笔，武不能捉刀，首户并非首富。只因他是阿斗嫡直后人中的长门，毫无争议地坐上族长宝座，支配五百亩旱涝保收的祭祖堂香火田，竟能一妻四妾，穿金戴银，食有鱼出有车。越吃越胖，越胖越吃，有车便不想走路，恨不能上茅房都以车代步。三寸膛油包住了心脏，累一点儿动个怒，更痛得心如刀割。刘姓各家，男女老少，都不敢惹他发火，只有女儿玉人儿竟不顾他死活，私奔偷嫁，丢尽了他的脸面。

自从卖花老头儿给他报了信，说是在四王子村亲眼见过玉人儿，刘老族长恼羞成怒，心痛十八回，日夜不得安定，不吃不喝不起炕。

他虽然也如乃祖阿斗，是个缺心少肺的夯货，不过他当了多年族长也算见过世面，懂得遇事三思而行，不会脑瓜子一热就冒险。死睡了三天两夜，他想出了借刀杀人之计，忙打发族人到县衙门，状告黄狗杂儿停妻再娶，逼得黄狗杂儿替他寻找女儿，免不了拳脚交加，刀枪相见，不死也伤。同时，他又买嘱那个卖花老头儿，当他的耳目，打听玉人儿落到四王子村谁家院内。

今日，吃过晚饭，刘老族长喝下半斤老酒，把一大块肥得流油的酱肘子和两大盘羊肉包子送进肚里，感到胸闷气噎，心一阵比一阵疼得难受。坐一会儿，躺一会儿，蹓一会儿，都不能稍减痛苦。两个儿子吆喝长工套车，想送老爹到燃灯寺找老方丈。刘老族长儿时曾是燃灯寺的记名和尚，结婚跳墙还俗，魂儿仍留寺庙。丢了魂儿可到庙内找回。

偏在这个节骨眼上，卖花老头儿满头大汗跑来禀告，说是玉人儿千真万确嫁给了四王子村口外刘家的族长汉根，还生下了一个豹头、虎背、熊腰的大儿子。

“下贱！”刘老族长双拳擂打呼吸不畅的胸脯，扯破喉咙叫喊，“乱伦……”两眼翻白，双腿乱蹬，胳膊像晒蔫的丝瓜垂落下来，怒火攻心而死。

河西汉姓刘家，以大汉凤子龙孙自居，在他们眼里，河东口外刘家，不过是穿戴衣冠的猢狲。汉姓刘家的男子，娶口外刘家的姑娘，已是有辱先人。汉姓刘家的姑娘，嫁给口外刘家的男儿，那恰如人兽通奸，大逆不道了。

刘老族长气死，不但他家炸了窝，整个儿河西汉姓刘家也乱了营。刘老族长的儿女不怕老爹曝尸，却为分割家产大打出手，谁都没想过料理后事。

人死三魂出窍，超度亡灵至关重要。儿女不务正业，祭祖堂只得承头发丧。卖花老头儿也就被头一个雇用，到燃灯寺和水月庵请来僧尼两棚经。僧、尼带着响器，分乘两辆马车过河。路上说话草里有人听。扛着黄狗杂儿死尸的石老磨躲在路边乱草蓬蒿中，等大车过去，匆匆忙忙把黄狗杂儿的死尸扔下大河，掉头就奔汉根家跑。

玉人儿从昏迷中醒来，闹着要缝孝袍，撕孝带，绷孝鞋，抱着儿子回娘家哭灵吊孝。

“你先行一步打前站。”汉根妇唱夫随，“只要他们肯认我这门亲戚，我也身穿重孝，三步一个响头磕上门去。”

“孩子得留下！”石老磨沉着脸，活像青面兽，“孙尚香过江探母，张飞、赵云不许她抱走幼主爷，弟妹过河哭老爹，我也不许她带走口外刘家长门这个金童。”

玉人儿识文断字，念过《烈女传》。还知道班昭又叫曹大家，家不念加而念姑，也就比孙尚香深明大理。石老磨的一番话，说得她心服口服，连连点头：“我听老磨大哥的话，留下孩子保住根，一个人过河看风向。”

“弟妹，大哥给你保驾！”石老磨粗中有细，“汉根，你带着孩子躲一躲，吉凶祸福听我回音。”他向汉根挤了挤眼，便催玉人儿动身。

“老磨大哥，汉根带着孩子躲到哪儿去？”路上，玉人儿心里七上八下，走走停停问道。

“观音大士家。”石老磨嘀嘀笑道，“我这个金童贤侄，本是观音大士驾前的红孩儿，老太太疼他像亲孙子，能不佛光普照，保佑金童免遭三灾六难！”

“观音大士住哪儿？”

“老太太的女儿都当尼姑，天下尼姑庵她都能住。”石老磨怕玉人儿打破砂锅问（纹）到底，甩开大步赶路急行。

玉人儿跟头流星紧追慢赶，匆忙顾不得盘长问短。过了河，孝女哭道，呼天唤地，痛不欲生，也就顾不得挂念儿子了。

正是这个时刻，汉根把儿子抱到水月庵，交给了草叶尼姑，妥为保存。

草叶是他的师妹，是教他武艺和带他保镖的师父的独生女，比他小六岁。他属虎，草叶属羊。属虎的命相主凶，属羊的命相受穷。汉根九岁到师父门下习武，收住拳脚，撂下刀枪，就哄三岁的师妹草叶玩。草叶六岁，师父叫他给师妹“开牙”。蚱蜢、蛐蛐、蝈蝈一类草虫，鸣叫之外还会咬架，自古便是有钱人挥金如土的一种娱乐，与斗鸡、走狗、赛马同是大赌。于是，七十二行又多了一项，教蝈蝈咬架的人被尊称开牙把式。草叶是女儿身子，男子脾气，十九岁还没有见月信，爹娘和汉根都当她是一朵谎花，本是男儿却投错了胎。出人意外没想到，汉根跟玉人儿拜堂成亲的花烛之夜，草叶哭得泪干淌血，自剪青丝遁入空门，到水月庵出了家。

水月庵的尼姑，十之七八青春年少，剩下十之二三，也是徐娘半老。本地的财主富户，流氓地痞，贼子歹徒，常来调戏俏眉俊眼的尼姑，扰得水月庵寝食不安，鸡犬不宁。庵小香火不旺，没有几亩庙产，雇不起武林中人护院。即便护院的镖客不取分文，她们也不敢雇，镖客百分之百是男子汉，夜黑天常年厮守尼姑庵，别人不嚼舌头，自个儿抹黑跳到大河也洗不清。草叶一身武艺，落发为尼，免费护院，正是求之不得。倘若草叶不是采花淫贼的对手，还能向她的师兄呼救，那就扫除一切害虫，全无敌了。水月庵有了草叶，全庙的尼姑就像钻进了保险柜，系上了安全带。

草叶黑天守夜，白天睡觉，也就顾此失彼，不能跪佛诵经。出家数年，她只会口呼一句佛号：“南无阿弥陀佛！”护院人不离庙，诵经又是客（怯）木匠只会一句（锯），只能留守水月庵。老住持不带她到河西汉姓刘家，超度刘老族长早日升天转世，来世“千顷良田靠山河，父做高官子登科，一妻四妾常陪伴，二十多岁由性儿活”。活得乏味，才长一岁。

汉根抱着儿子，来到水月庵门外，手拍着庙门的铜门环，心急叫声高："草叶儿，草叶儿！妹子，妹子！"

嗖！汉根听见一阵风声直逼脑后，心知暗器飞来。怀里抱着儿子腿重身沉，躲闪不及被暗器打中面门。啪！一股馊臭的黏液淌到嘴角，伸出舌头一舔，才尝出原来是个烂桃。

"哈哈哈哈！"水月庵门楼上响起一个女人的戏耍笑声，一听就知是草叶。

"师妹，佛姑！"汉根后退三步，面向门楼单腿一跪，声音呜咽。

"哥，你这是……"草叶为了护院脸上抹着锅烟子，月光下两眼却更明亮，滴滴答答泪如滚豆，"哥哥，你是火烧了眉毛，还是磨扇子压住手？"

"妹子，哥哥惹下塌天大祸，犯的是死罪。"汉根把儿子捧给草叶看，"我把孩子交给你存上几天。"

"嫂子呢？"

"回娘家给她爹尽孝。"

"你猜疑她一去不回头？"

"我更怕她被河西刘家千刀万剐。"

"你这贪生怕死的小人，怎么不敢到河西救她的命？"

"为了保住孩子，我倒剪双臂，拿自己这条命换回玉人儿。"

说着，汉根把儿子放在门楼下的台阶上。三国时代，赵子龙长坂坡救驾保主，千军万马，枪林箭雨，阿斗在子龙怀中却不受惊扰，死狗般熟睡。汉根的金童跟阿斗大不相同，黑更半夜，生死关头，竟满脸憨笑，咿呀哼哈，自言自语，一声也不啼哭，整个儿是一副处变不惊的大将风度。

汉根留下儿子，跑出五十步，回头一看，草叶开门抱起金童，连连亲吻儿子的脸蛋。跑到一百步又回过头，只听庙门哐啷一响，草叶已将儿子抱进庵里观音大士莲座下。儿子万无一失。

汉根一口气跑到大河边，坐在岸边喘口气，歇歇腿，冷却滚烫的脑瓜子，然后过河认亲，或是换回玉人儿。不想打了个盹儿，刚一睁眼，满河月光中水花一翻，突然露出人头。此人抹了抹脸上水珠，左瞧右看神色惊慌，像一条漏网之鱼。

“老磨哥！”汉根跳下来。

“兄弟快跑，逃命去吧！”石老磨爬上了岸，双手拍着大腿，咧嘴痛哭，“河西刘家把玉人儿反绑在她家外院明柱上，等抓住了你，一块砍头、剜心、掏肝，祭奠刘老族长。”

“我到县衙门告他们去！”汉根又气又急，磨拳擦掌冒火星，“我从小就听说县衙门偏向咱们口外人。”

“县太爷就在河西刘家，还在刘老族长的灵堂吊了孝，磕了头。”石老磨催赶着汉根，“官府靠不住，玉人儿命难保，你跟金童可不能有个山高水低，三长两短，留着青山不愁没柴。”

汉根抱住岸边一棵老龙腰河柳，不愿离乡背井，远走口外。却见河西人喊马嘶，灯笼火把，县衙门马快班过河抓人来了。

8

不是县太爷受贿变了脸，而是他的主子西太后叶赫那拉氏玩权术变了卦。

西太后叶赫那拉氏平定了太平天国之乱，并没有感觉天下太平。

她是咸丰皇帝的小老婆，坐着花轿从旁门搭进了后宫。咸丰是道光的儿子，道光是嘉庆的儿子，嘉庆是乾隆的儿子，算一算乾隆正是咸丰的曾祖父，也就是西太后叶赫那拉氏的曾祖公公。一日，西太后睡午觉，乾隆爷进入她的梦境。老爷子一会儿是满人穿戴，跟养心殿那幅写真画像一模一样，一会儿却又穿着谭叫天的戏装，活像甘露寺相亲的刘备。西太后是个戏迷，张大嘴瞪圆眼，想听乾隆爷开口唱一段西皮二黄，谁知老爷子阴沉着脸，怒骂道："只知玩得心跳，过把瘾就死；却眼看大厦将倾，不思治国之道。"吓得西太后滚下御床，跪求老爷子指点迷津。乾隆爷金口玉言，只留下两个字："学我。"便拂袖而去。西太后惊醒，全身汗透，心跳到嗓子眼儿，不咬住牙关便蹦到地上变成蛤蟆。她定了定神儿，喝了两碗冰镇果子露，又沐浴熏香，穿上全套朝服，前呼后拥来到养心殿，给乾隆爷每幅遗像都焚香礼拜，又在养心殿里的乾隆爷软榻上闭目沉思。只觉华盖罩顶，如坐春风，似有所悟，急回寝宫。

乾隆的爹雍正，大兴文字之狱，株连六亲九族，杀人如草不闻声。乾隆即位，注重怀柔，亲自制造奇闻，说自己是汉昭烈帝刘备转世。民间传说他是热河承德汉人李姓女子所生，他也默认而不追究。为了坐实这个荒诞不经的传奇，他又钦封御赐关云长为武胜帝君，尊为武圣，比孔圣人还高一等。孔圣人不过是个文宣王，王小于帝。乾隆还敕令省、府、州、县、村都要修建关圣帝君庙，又叫关夫子庙。家家的佛龛，都要供祀关云长。戏班唱关公戏，更要明烛高烧，演员叩拜神像。直到一九四九年建立新中国，关羽像才被领袖像代替。

刘备摔孩子收买人心，乾隆撒下弥天大谎，哄骗了一亿四千万汉人（乾隆时一七四一年的人口统计数字）。西太后从乾隆托梦中学到三招两式，河西汉家刘姓应运增值，口外刘家也就降价处理。

汉根没有闻风而逃，他躲藏在青纱帐里，还想伺机把玉人儿抢救出来，万没料到玉人儿竟投河自尽。

马快班扑进四王子村，没有抓到汉根，却瞎猫碰见死耗子，捞着了黄狗杂儿的死尸。马快班头为了冒功请赏，把黄狗杂儿的头割下来，面目划得血肉模糊，送到刘老族长的灵堂。刘家恶奴正要把玉人儿押来一块处死，玉人儿已被一位菩萨心肠的老妈子放走。但是，她刚一出村，就听过往行人哄传，汉根已被马快班头砍下脑壳，祭过刘老族长就带到县衙门，挂笼示众。

玉人儿一听就像五雷轰顶，昏昏沉沉、跌跌撞撞走到大河边，忽然想起她家老祖宗奶奶孙尚香，听说刘备在白帝城晏驾，便祭江投水，百姓为她在江边修建了枭姬祠。先人足迹，祖宗德行，后人也应如此。她撮土为台，折草为香，歌哭滴血，一跃直下碧水深处，踪影皆无。

过了一天汉根才听说玉人儿投河寻死，他沿河找出百里，往返八趟，都没有寻见玉人儿的尸身，只有一只通身白羽的大雁，嗷哇啼叫，向口外方向飞去。也许，这只白雁就是玉人儿摇身变化的。汉根想看儿子金童一眼，然后也起身出口。但是，草叶闭门顶杠，不许他进入庙内。他只得眼泪咽进肚里，孤家寡人追寻口外雁落之地。

金童在水月庵长到十岁，与尼姑们同吃同住诸多不便，草叶便把他送进燃灯寺出家，法号昙空。

燃灯寺有块瓜田，种瓜把式石老磨。四王子村刘家祭祖堂，县衙门判给了河西汉姓刘家。新主人不雇他给香火田当长工，他也不愿给新主人当牛马使唤，就投靠了燃灯寺。老方丈把金童拨到他的名下。他心里知道金童是汉根的儿子，嘴上并不点破；给金童开了牙，倾其所能相授。三年零一节，金童长成了半大小伙子，不光学会了种瓜手艺，武艺上也能跟石老磨走上几十个回合。教会徒弟，饿死师父，老方丈散了石老磨，把瓜田整个儿交给了金童。石老磨另找生路。

金童虽小，甜瓜种得好。这一年，开园的前一天晚上，有个拉骆驼的大个头儿中年男子汉，满脸胡髭像刺猬。此人来到瓜园外，想买几个甜瓜。金童怕他冲散明天开园的吉利，不肯卖。大个头儿男子汉便把骆驼拴在老龙腰河柳上，脱下衣裳，光着身子下河浮水。当他洗得干干净净，穿戴齐齐整整，便在河边燃香烧纸，呼喊着玉人儿的名字，放声号啕大哭。他哭天抢地，像一只受了重伤的老虎关在笼子里哀叫，吼声如雷，大河轰鸣。金童也被哭声打动，摘下五个香气扑鼻的甜瓜，放在斗笠里端过来，说了声："大伯，刚才得罪了。"拉骆驼的男子汉接过斗笠，并不吃瓜，只把甜瓜当祭品，又痛哭了一阵。

"多谢小方丈！"拉骆驼的男子汉挥泪而起，"敢问法号，怎么称呼？"

"昙空。"

"俗家贵姓？"

"出家人六根除净，看破红尘，不知来自何方。"

"你跟谁学的种瓜手艺？"

"四王子村老磨大伯。"

拉骆驼的男子汉身子一震，两眼目光如炬，急不可耐问道："昙空小方丈，你可知道有位草叶尼姑，是不是还在水月庵？"

"她老人家眼下是庵里的住持。"小和尚突然警觉起来，"你是什么人？”

“当年，我跟草叶住持的老爹学过武艺。”

“那可要讨教了。”

“过一过招吧！”

两人离开瓜园，来到河滩上，月下交手。小和尚赤手空拳只进一招，便被拉骆驼的男子汉擒住手腕，扫堂腿放倒。各折一根柳枝充当兵器，一来一往，只算一个回合，小和尚手中的柳枝便脱了手，飞上半空。

“大伯，我拜您为师！”小和尚趴地磕头。

拉骆驼的男子汉笑开了颜：“一日为师，终生为父，你得一辈子把我当亲爹。”

“我甘当您的俗家儿子。”

“我每天半夜来教你，天机不可泄露外人。”

“草叶住持都夸我嘴紧，老磨师父也没问出我的俗家来路。”

拉骆驼的男子汉一教教到瓜园拉秧，师徒在瓜楼上吃了一顿瓜宴，恋恋不舍，不忍别离。

“儿呀，瓜拉了秧，你该回庙我回家。”拉骆驼的男子汉，拉着小和尚的双手扑簌簌落泪，“你替我转告草叶住持，她那个逃到口外的师兄，在苏武牧羊的北海边落了脚，娶了汉爹胡娘的李氏女子为妻……”

“你说的那人可是刘汉根？”

“正是那人。”

“您也给那人捎个口信，他对不起自己的妻儿老小，乡亲们想一人一口唾沫淹死他。”

“天下哪块黄土不埋人，他也不想仰面还乡了。”此人跳下瓜楼，飞身跨上驼背，一声呼哨，一个响鞭，那头一步踩不死个蚂蚁的骆驼，竟像一只插上翅膀的大鸟，在河光水汽中一纵即逝。

天亮，小和尚昙空奉老方丈之命，给水月庵挑送一担拉秧的甜瓜，他趁机跟草叶住持悄声说起那个拉骆驼的男子汉。草叶住持悲悲切切哭了，说：“那人必是你俗家的爹，你顶撞了他，咒骂了他，从今后我也不认你这个不孝的孽障。”小和尚昙空后悔莫及，跪哭讨饶。草叶住持喝令几个粗手大脚尼姑，抄起扁担、门杠、烧火棍，把昙空打出山门，至死不见一面。

他又找石老磨，说起那个拉骆驼的男子汉，夜授强拳硬脚，短刀长枪。师徒先过了过拳脚刀枪，不到十个回合，石老磨已经不是敌手。小和尚昙空又忍不住说起拉骆驼男子汉的留言。石老磨狠抽昙空几个大嘴巴，跳着脚骂道：“你不认亲爹，我也不要你这个没有孝心的徒弟！”几天后，原来不想娶妻生子的石老磨，跟一个坐地招夫的寡妇搭了伙。

燃灯寺老方丈圆寂，师兄们排挤逼迫他逃出燃灯寺，加入野台子戏班跑码头，也算还了俗。野台子上演的三国戏陶冶了他，他也改口自称汉姓刘家后裔，在下河滩上另立刘家锅伙，三十多岁被人尊称刘二皇叔。

9

当年的大河，河上走船，岸边背纤，船桨在河上划出水路，纤夫在岸边踩出纤道：水面上没有留下桨痕，纤道上刻下足迹。五月的风，六月的雨，风从河筒子绕弯儿吹下来，催动上行的船又阻碍下行的船，吹乱满河的浮萍四下漂散，萍叶点点恰似过江之鲫。大船上的女人蹲在船尾，弯腰拨开密密层层的萍叶，才能洗菜淘米。船行靠右边走，上行船的女人洗菜淘米脸朝东，下行船的女人洗菜淘米脸朝西。男人站在船头撤尿，女人不回头看不见，不算撒野。

打鱼小船像流水落花铺满河面，上行和下行的大船男呼女唤扯帆而来，打鱼小船又像点水的蜻蜓，惊慌后退，闪开水道。

从河这边踮着脚尖远看河那岸，两抱一搂粗的河柳，细得只像一棵迎风摇摆的三棱草，爬到树上掏鸟蛋的半大小子，小得只像爬在草叶上的蚂蚁。蜻蜓过河三点水，水鸭子过河喘得张大嘴。渡船两岸往返一趟，能做熟一顿贴饼子熬鱼。贴饼子熬鱼的冷灶新抹花秸泥，灶膛里烧的是晒得七八成干的青柴，白茬青皮的柳木锅盖，捂锅的是高粱叶子、蒲苇秆子编成的苫帘，有的更因陋就简，只捂几张荷叶，压几块土坷拉。河水原汁原汤，水里的翠萍绿藻也不剔除，炖出的鱼清香鲜嫩，贴出的饼子金黄香脆。不但渡船在岸上做饭，长途大船之外的客船、货船和打鱼船，也是上岸起伙。大河在刘家锅伙内外，三盘六绕九道弯，大小船只三出三进刘家锅伙才能下行上返。船绕刘家锅伙一圈要一个时辰，三出三进至少半晌，入村之前船上女子上岸埋锅造饭，出村之后饭菜两熟。吃饱喝足歇个晌，男人浑身充满了力气，又撑船出发，女人也就随船而行。货船的男人，赤身只拴一条兜裆，打鱼的男人系一条围腰，客船的船夫才穿一条大裤衩子。头上有的戴斗笠，有的套柳圈儿，有的一张荷叶顶头上。船家女子也很粗野，生过孩子的媳妇，都光着膀子；两只奶子暴露，公开展览，不怕万人瞩目。刚过门子的媳妇和没出门子的姑娘，胸前挂一条兜肚，所不同的是未婚的是红布兜肚，绣的是没有开苞的花骨朵儿；已婚的是粉红、豆青、月白布兜肚，绣的是压颤了枝的大花朵，柳下惠路过也偷看。河上行船，漂泊不定，积攒几个钱便想买几亩地，岸上安个家。男人走船，女人种地。刘家锅伙的家家户户，都是水旱两栖人家，所以平日男人少，女人多。

出船的男人，一走十天半月，离乡背井，都无后顾之忧，撂在家里的女人，不怕有人撬门跳墙钻窟窿。刘家锅伙四围，里三层外三层，夹着一道道篱墙，篱墙上插满酸枣杈子，葛针如刺，刺穿皮肉。更有庄头刘二皇叔，一夫当关，万人难进。刘家锅伙在县衙门册上无名，只算邻村的一个藩属。只因头一个上岸落脚的是刘二皇叔，邻村皇粮庄头黄马褂儿，就借姓赐名叫刘家锅伙。

刘二皇叔出家为僧十一年，从小到大扛长工；放过牛，浇过园，种过地，耕、耩、锄、耪无所不通，赶车、撑船也无所不能。除此之外，他还学得一身武艺，能吹一堂响器，会念十部佛经，识得上千个字。师父一死，师兄当家，待他十分刻毒，每日干牛马活吃猪狗饭，还拿他当赚钱的工具，谁家有红白喜事，都派他敲锣、打鼓、吹笛子，他只不过吃几顿饱饭，挣来的钱分文也不给他。野台子戏班跑码头，文武场缺把手，也到庙里雇他顶缺。师兄常把他租出去，一租就是几个月，也就顾不得佛门的清规。他跟随野台子戏班东西南北转四方，日久天长学会了吃荤、喝酒、赌钱、票戏。师兄正抓他的短，诬他犯戒，将他除名。他还了俗，在戏班里打杂儿。戏班里的女角，卖艺又卖身，却必须保留一个皮肉清白的黄花闺女，专门扮演贞女、节妇、圣母、仙姑，平日吃素，不施脂粉，不苟言笑，守身如玉，直到人老珠黄，才能出嫁。刘二皇叔打杂的这个戏班，就有这么一个小旦，名叫秋灯，俏眉俊眼鸭蛋脸儿；只是没有一条好嗓子，祖师爷不赏饭。不但没有唱功，而且没有做功；扮演一句台词也没有的丫环宫女，也不知手该放在哪里，脚该站在何处。然而，她天生有个风韵高贵的架子，扮个丫环比小姐更神气，扮个宫女比皇后娘娘还尊严，也就没有一个主角找她配戏。戏班里不养闲人，班主就叫她当这个活道具。每逢上戏，必须沐浴，入夏以后就到大河里洗身。秋灯出浴得有护驾，护驾的不能是男子，也不能是脏了身子的已婚女人，只能打发刚买进班里的小丫头陪伴。但是，荒村野店，渡口码头，多的是流氓地癞，过往行人有君子也有小人，免不了贼眼偷看，调戏挑逗。伴浴的小丫头们一见这些歹徒的神头鬼脸，就被吓得四散奔逃，哪里还顾得上泡在水中的秋灯玉体？班主怕秋灯被破了身给戏班带来晦气，就想到刘二皇叔像个铁罗汉石头人，给秋灯保镖，可信可用。刘二皇叔护送秋灯下河，自己便在岸边河柳下背脸抱膝而坐，眼观六路耳听八方，活像一只忠于职守的蹲门貂、牧羊犬。那些不三不四的鸡头鱼刺，又来捣乱掏坏，都被他打得鼻青脸肿，嘴歪眼斜。秋灯平安无恙，白璧无瑕。班主一见高鸟尽便把良弓藏，念完经打和尚，竟怪刘二皇叔身不动膀不摇坐享轻闲。刘二皇叔跟班主吵翻，拂袖而去。他背过纤，撑过船，扛过长工。一年北运河大涝，整个儿河床翻了个身，改道的河床闪出一块块淤泥河滩地。刘二皇叔抢占了一块，四围垒起土圩子；水退归了位，刘二皇叔又从土圩子外挑土垫高，晾出了八亩不够七亩不少，远瞧近看都像个聚宝盆。于是，他在地头搭了两间窝棚，灶上一冒烟就成了人家。

这块河滩，南北十八里，东西一里多。长乘宽是面积，不多不少二十平方里。六十平方丈是一亩地，一平方里两万二千五百平方丈，折合三百七十五亩，二十平方里便是七千五百亩。一百亩是一顷，扣除沿河的沙冈、水洼、苇塘、柳棵子地，留下打堤占用的里七（丈）外八（丈）官田，净剩五十顷只多不少。他开出的七八亩，不过是九牛之一毛。饭要一顿一顿地吃，多大的嘴也不能张口就吞下八盘九碗十二个碟儿。开出这七八亩之后手脚不停，一年顶天也就拿下二十亩地。包占整块河滩得一百年出头。人活七十不算短命，谁也难得三万六千天寿数。这块肥肉不能独吞，刘二皇叔活着不服气，死了也闭不上眼。灯不拨不亮，人一点就通，刘二皇叔想到自己最缺乏的是人丁和帮手。亲不过父子，近不过夫妻，他急着抱儿子了；买鸡才能下蛋，要抱儿子先得娶媳妇。

一没刮风二没下雨，天上掉馅饼，刘二皇叔没花分文，一个能生儿子的女人自己送上了门。

10

那天刘二皇叔扛锄出门到聚宝盆耪地，却见聚宝盆四外，有几个人正丈量四至，刨坑埋界石。这好比剁他的骨头割他的肉，咆哮一声直奔过去。

在聚宝盆四外刨坑埋界石的几个人，都是黄马褂儿的长工。

领头的叫常三褡裢。常三褡裢水蛇腰大个子，两只长臂，一双仙鹤腿，青皮光头瓦刀脸，龇牙咧嘴鹰鼻子，奇怪的是一副凶相却有两只笑眼儿，令人看不出他的喜、怒、哀、乐，猜不透他的葫芦里卖的什么药。喜眉笑眼也许正窝着一肚子火，哭丧着脸不一定心如刀割，只从貌相难免上他的当。

刘二皇叔奔到常三褡裢面前收住脚，挺胸叠肚吆喝道："你狗胆包天，敢在我的地里埋界石！"

常三褡裢也不是见硬就软的糠货，双手叉腰脚站丁字步，翻着眼皮嘿儿嘿儿冷笑道："你的地？叫得应才是你的地。"

刘二皇叔气得打嗝儿，反问道："你刨坑埋界石，难道能一叫一应？"

常三褡裢有恃无恐，说："这块地是哑巴，千年的字纸会说话，黄老庄头手里有官府文书。"

原来，黄马褂儿买通官府，领取一纸文书。这块河滩交他掌管，切成大大小小豆腐块。今后不管谁想开地，都得黄马褂儿许可，秋后向黄马褂儿交租，黄马褂儿跟官府各得一半。

刘二皇叔闻听此言，有如野台子戏里一句唱词："亚赛冷水浇头怀里抱着冰。"他开出的七八亩地，只不过是这块河滩的一鳞一爪，怎比得老祖宗刘玄德，三分天下有其一。

一张官府文书三钱重，压倒了双肩能扛得住磨盘的汉子刘二皇叔。他没了耪地的兴致，也没有了扛锄的力气，就像丢盔卸甲挂了彩的败兵，拽着那张大锄像牵着头瘦马，一步一擦地，垂头丧气回家去。

他那两间窝棚，坐落在绿树丛中，四围夹起的篱墙、更圈占了棵棵杨、柳、榆、槐、枣。他拖锄而归，心灰意冷，远远的却听见绿树丛中喜鹊喳喳叫，炊烟袅袅绕窝棚。他一阵惊奇，不由得步步紧走，推开柴门一看，有个梳着乌黑大辫的女子，正在冷灶上烧火做饭，饭菜香气弥漫小院。

“谁？”他喝问道。

那个女子一扭脸儿，眨了眨睫毛，嬉笑道：“还认得我吗？”

刘二皇叔揉揉眼睛，面前的姑娘竟是戏班里的秋灯。他目瞪口呆，憨笑道：“梦见你几回，没想到大活人来到眼前。”

秋灯揭锅，捡出金黄玉米面菜团子。两人一边吃饭，一边闲话儿。刘二皇叔这才知道，戏班里扮演贞女、节妇、圣母、仙姑又有了新角儿。班主要把秋灯换钱，卖给一个老官僚作妾。她三岁被拍花子的拐骗，卖给了班主，不知自己的姓名、父母，也不知生身之地在何方。举目无亲，走投无路，才在逃跑路上想起刘二皇叔。

“就在我这儿住两天，歇歇脚，喘口气，翻皇历找个黄道吉日，我送你走。”刘二皇叔劝吃劝喝，相敬如宾。

“染缸里扯不出白布！”秋灯把筷子摔在桌上，“我进了你的门，转身跳到大河洗不清了。”

刘二皇叔还是榆木疙瘩不开窍，连连点头，说：“我出过家，懂得万恶淫为首，比你更怕有人嘴里嚼蛆。”

“那你留我住两天，怎么住？”

“你睡炕头，我睡炕脚，井水不犯河水。”

“不孝有三，无后为大，你就不怕刘家绝户，断了香火？”

刘二皇叔直了眼，抓挠得头皮想了又想，说：“秋灯，你头发长见识不短，我死了得有个儿子顶丧驾灵，披麻戴孝，抓把土把我下葬。”

秋灯连忙自告奋勇，说：“我能给你生儿子。”

刘二皇叔为了刘家不绝后，死后不被野狗分尸，就把秋灯留下了。

入洞房一年整，洞房变了产房，秋灯生下个儿子，刘二皇叔给起名叫金榜。官府文书害得刘二皇叔眼看着几十顷的河滩不能多开一亩，就像头枕着烙饼挨饿，守着青山没柴烧。所以，他便想叫儿子金榜题名，诗书起家。

金榜爬出娘肠子，便吓人一跳：两腿之间的鸟儿大而无当，挺直得像破土而出的苇锥笋芽子。刘二皇叔一见便黑了脸，从鼻孔里哼道："前生是头叫驴，长大了是个色鬼。"生下来三十天是满月，金榜褪净了胎膜儿，白胖娇嫩得像个小丫头；刘二皇叔又心中不快，说是男子女相，无福短寿。一岁那天"抓周儿"，在金榜面前摆放了毛笔、算盘、一杆秤、一把薅锄、红点白馒头和胭脂官粉盒子。金榜闻到香味，两眼贼光晶亮，一个饿狗扑食蹿过去，左手抓馒头，右手抓脂粉。刘二皇叔又大失所望，一拍大腿走出门去，长叹一声："一离娘胎我就该掐死他！"

但是，秋灯却跟刘二皇叔大不相同：刘二皇叔只当儿子是个臭狗屎，秋灯越觉得金榜是个香饽饽。金榜嘴馋挑食，想吃菜团子不爱吃贴饼子，爱吃黄瓜不爱吃茄子；气得刘二皇叔拿起筷子狠敲他的光葫芦头，光葫芦头上肿起一个青枣疙瘩。金榜哇的一声咧嘴大哭，秋灯就像被挖心摘肝抠眼珠子，一改平日温顺柔弱的脾气，顺手从粥盆里抄起马勺，凶眉恶眼照刘二皇叔头上砸去，活像一只母老虎，一马勺在刘二皇叔头上砸出个血窟窿。从那以后刘二皇叔威风扫地，不敢捅儿子一指头。

寒门小户儿女，就像高粱地里的野瓜秧子，河边上的马齿菜（死不了花），饥、渴、冷、热都顾不上想一想，管一管，却不知不觉在风吹雨打中长大，还一个个结实得像刀枪不入。金榜却与众不同，竟比财主富户家的公子哥儿还娇气，大病月月有，小病不离身。丸、散、膏、丹治不了他的疑难杂症，偏是和尚的咒语，老道的符箓，尼姑的揉搓，道姑的捏拿，巫婆的跳大神儿，在他身上十分见效。刘二皇叔从聚宝盆里打下的粮食，为了给他治病花得一粒不剩，不得不在农闲时节外出走船，顶风背纤，顺风稳舵，都最吃累。秋灯手巧，在戏班里不上台，就扎花绣朵缝戏装，比得上缀补孔雀裘的晴雯。于是，财主家少奶奶的枕顶，小姐的兜肚，粽子脚爱穿的绣花鞋，都送到她门上，叫她代做。她挣得的手工钱，比刘二皇叔卖苦力挣的钱还多，也都花在烧香、上供和许愿还愿上。一滴血一滴汗挣来的血汗钱，不是买高香金箔化为一缕青烟，就是买了猪头羊腿填进僧道三姑六婆的肚子。

金榜长到七八岁，刘二皇叔便不许他吃闲饭。给他编一只柳筐，买一把镰刀，搓一根麻绳，叫他到河滩放猪打柴，割草喂羊。秋灯却怕儿子累伤了娇骨嫩肉，想叫金榜关在家里学绣戏装的针线活儿，风吹不着雨洒不着，不出家门还能捂出一张小白脸儿。两口子吵得天昏地暗，三天锅灶不见烟火，谁也不肯依谁，难分高下。不久秋灯得了痨病趴了炕，叫不出声喊不出口，生气便喘成一团。她没有力气跟丈夫争吵，又怕儿子受委屈，临终之前打发儿子躲避到常三褡裢家去。

11

撒谎瞒不了当方人。黄马褂儿也是扛长工的泥腿子出身，名叫黄小鳝子。胸无点墨却满肚花花肠子，眉头一皱便能计上心来。老庄户是京城一家贝勒的庄园，每年秋后庄头到贝勒府交租。黄小鳝子在庄头面前装得十分乖巧温顺，庄头把他当成心腹，带在身边使唤。却不知黄小鳝子是咬人的狗不龇牙，外看忠厚，内藏奸诈，是个心腹之患。他巴结不上老贝勒，暗中在小贝勒身上放长线钓大鱼，又把庄头的女儿勾引到手。老贝勒一死，小贝勒继位，一朝天子一朝臣，黄小鳝子抢过了庄头的宝座，又撇下奸占几年的庄头女儿另娶别人，老庄头丢了宝座又丢了脸，气得一命呜呼归了阴。

黄小鳝子暗算了老庄头，在老庄户站定了脚跟，便得寸进尺，又想算倒小贝勒。小贝勒嗜赌成性，黄小鳝子便投其所好，源源不断给他送钱。每一回送钱都带着一张卖地文书，应当十两只卖二成；小贝勒越渴越吃盐，见钱就敢花，并不过问从何而来，哪管吃亏上当？一年两年还能挥金如土，三年五年就只有杀鸡取卵。财路越来越窄，黄小鳝子不送钱也不照面。债主子堵门，小贝勒不得不放下架子，下乡催款，才知老庄户的田产都改了姓，千亩良田姓了黄。小贝勒腰无分文，只有变卖家中收藏的古玩字画。小贝勒的传家之宝黄马褂儿，虽被虫吃鼠咬，黄小鳝子还是爱不释手，买回家当天就穿在身上，赶集、逛庙、串亲、拜客。黄小鳝子变成了黄马褂儿，也成为北运河东岸数一数二的大粮户。

常三褡裢在黄家大院的长工里打头儿，黄马褂儿赏罚分明，免费给了他一个上房丫头叫蒲团儿。洞房之夜，他那长满老茧的大手放在蒲团儿鼓而又圆的肚皮上，分明感受到胎儿在母腹中躁动。常三褡裢只得吃下这个哑巴亏，天一亮就到柜房算清了工钱，打算带着蒲团儿另投明主。黄马褂儿却不想给他们摘下笼头，撒了缰绳；在河滩上划出二十亩，叫他俩开荒种田，减收地租。

常三褡裢跟刘二皇叔地连着地，房连着房。俗话有云：“远亲不如近邻，近邻不如对门。”常三褡裢却把对门的近邻刘二皇叔当眼中钉，见面一言不合就动了手。刘二皇叔没有他的个子高，胳臂长，块头大，可是自幼学过拳脚，不费多大力气就把他打得三起三落，四脚八叉，五体投地。刘二皇叔却不是鼠肚鸡肠，跟他握手言和。常三褡裢大受感动，死乞白赖要跟刘二皇叔插草为香拜把子，两人化敌为友，称兄道弟。刘二皇叔帮常三褡裢盖起三间干打垒的土房，安排蒲团儿住下坐月子。

蒲团儿生下个女儿叫荷包。刘二皇叔见常三褡裢满脸阴云没有一丝喜色，便把他劝到自己窝棚里喝酒。常三褡裢喝得半醉，酒后吐真言，放声大哭道：“这个小丫头儿是黄马褂儿的野种，我想着恶心，瞧着窝心呀！”刘二皇叔捏碎手中的酒杯，跳下炕拿起柳叶枪，要找黄马褂儿拼个鱼死网破。常三褡裢个儿大胆小，不愿招来杀身之祸，抱住刘二皇叔的腰不放。刘二皇叔挣脱开他，他又死抱刘二皇叔的双腿。刘二皇叔儿马尥蹶子，踢得他脸上青一块紫一块，他也不肯撒手放行。刘二皇叔只得收脚，说：“等那娘儿们出了满月，你一天一顿老拳管她饱，揭下三层皮她就改邪归正了。”常三褡裢哭丧着脸，说：“她那一身细皮嫩肉，我下不了手。”刘二皇叔毛遂自荐，说：“我替你管教她。”常三褡裢连连抱拳，说：“多谢，有劳兄弟了。”

谁想，蒲团儿还在月子里，黄马褂儿打发大脚老妈子，带着红糖、鸡蛋、小米、补酒，来到河滩的土房看望蒲团儿，在蒲团儿身边鬼鬼祟祟，嘀嘀咕咕，喊喊喳喳，挤眉弄眼，说：“黄老庄头没忘了你，挂念他这块骨血，等你出了满月，就抱着孩子到大院给黄老庄头看看，走角门，进跨院。”蒲团儿像蛇咬蝎子蜇，尖着嗓子叫起来：“我死也不想看那老狗一眼，女儿是常三褡裢的血脉。”说着，她把那些鸡蛋、红糖、小米、补酒扔出窗外。此情此景，常三褡裢亲耳听见，亲眼看见。他跑到聚宝盆找到刘二皇叔，又哭又笑道：“兄弟，你嫂子改邪归正了，用不着你替我管教她。”

此话出口不到一日，常三褡裢正在青纱帐里耪三遍，忽听家里鬼叫连天，他急忙回家，只见蒲团儿披头散发趴到地上，被刘二皇叔踏上一只脚，抡着懒驴愁的麻花鞭子，抽得身上伤痕累累，已经半死。

蒲团儿在黄马褂儿身上收了心，却在刘二皇叔身上产生了邪念。她趁常三褡裢到河滩耪地，把刘二皇叔骗进屋里，也不进行过细的说服动员，迫不及待地就扒下衫子解裤带，却不料热脸碰个冷屁股，讨得一顿暴打。

刘二皇叔见色不迷，侠肝义胆，常三褡裢给刘二皇叔深施一礼，也要动手打蒲团儿，却见蒲团儿已经紧闭二目，身子僵直，气息奄奄，一拳下去就得断了命。一夜夫妻百日恩，常三褡裢于心不忍，忙收住了手，把蒲团儿搬进屋里，放到炕上。

蒲团儿一连七天七夜昏迷不醒，水米不沾，常三褡裢断定她必死无疑，就找刘二皇叔，一同砍了两棵河柳，打一口白皮棺材。两人都不是内行，棺材打得像驴槽。常三褡裢耳贴着蒲团儿胸窝，只听见蒲团儿的心跳已无声无息，他甩了一把鼻涕抹了一把眼泪，说：“兄弟，装进棺材，抬走埋了吧！”刘二皇叔不死心，也听了听蒲团儿的心跳，说：“多等一会儿，也许能醒过来。”常三褡裢却已心死，说：“入土为安，别叫她晾着身子受罪了。”刘二皇叔只得同意，赶忙捧头，常三褡裢抱腿，将蒲团儿装进棺材里，仰躺在白布褥子上；头放荷花枕，脚踏莲花台，嘴里含一枚铜制钱，脸盖一张黄裱纸。扣上棺盖，常三褡裢一边大哭，一边催刘二皇叔道：“落钉！”刘二皇叔不想喧宾夺主，说：“哥！还是你亲自下手。”常三褡裢哭道：“我手软，抡不起斧子。”刘二皇叔只得把斧子接过来，又捏住一根枣核钉，抡胳臂一斧下去，没有砸在钉帽上，却敲得棺盖当的一声，响得震耳朵。

“哎哟！”棺材里的蒲团儿被震醒，伸懒腰打哈欠。

常三褡裢胆小，一屁股跌坐在地上，叫了声：“诈尸！”慌忙爬走。

“天还没亮呀！”棺材里漆黑，蒲团儿睁眼不见五指。

“嫂子活啦！”刘二皇叔哈哈大笑，掀下了棺盖。

蒲团儿从棺材里坐起来，脸色灰白，眉毛漆黑，眼珠儿乱转，颧骨红得像涂抹着凤仙花汁，一身鬼气，令人望而生畏，起鸡皮疙瘩。

常三褡裢扑上前来，哭笑道：“荷包她娘，你还阳啦！”

“你敢碰我一根汗毛！”蒲团儿伸手一指，指尖嗖嗖冒寒气，“我是王母娘娘的女儿，杨二郎的妹子，铁扇公主是我表姐……”

“你疯啦！”常三褡裢两手拍着大腿。

“封啦，封啦！”蒲团儿在棺材里扭摆腰肢，活像野台子戏里《大登殿》的王三姐儿，“玉皇大帝封我当大河一方的活菩萨。”说着，双腿旱地拔葱，一跃而出。

蒲团儿摇身一变而成了跳大神的巫婆儿，无师自通竟能扎针、拔罐、扶乩、圆光、接骨而又接生。

刘二皇叔有一回闪腰岔气，蒲团儿装神弄鬼念咒语，火罐子拔在腰眼儿上，三根针扎在肚脐下，刘二皇叔马上腰直气壮。常三褡裢有一回爬树摔断了腿，蒲团儿给接上了碴儿，又舒筋活血，几天就能下炕走动，半个月便扛锄下地了。金榜有个头疼脑热，蒲团儿更是手到病除。金榜倒不是感恩图报，只觉得这位蒲团大娘比亲娘秋灯更有吸引力。

12

大河上走船的小伙子，十有八九是单身，又一个个人高马大，沿河民俗粗野杂乱，常有不守妇道的娘儿们，以认干儿子为名，勾引这些没有娶妻的船夫拉帮套。刘二皇叔不肯认干娘，只认了个干姑姑，名叫鸡笼二姑。鸡笼二姑生孩子多，就像母鸡下蛋，村里人都说她的肚子像个鸡笼。她虽是穷门小户出身，两只脚儿却裹成二寸九厘金莲，比三寸还少一厘，五尺高男子汉吹一口气，能把她吹得东摇西晃、东倒西歪，像满地打滚儿的杨花柳絮。多亏她有一双巧手，针线活儿无一不能，常给人做些裤褂鞋袜，挣几个手工钱，贴补家里。只因连年不断生孩子，累得她的双手像鸡爪，累得她男人腰弯像虾米。她的男人比她大十多岁，给一家地主的菜园当园头，一年到头在菜畦里弯腰低头，站起身也直不了腰。他常年住在园房，差不多是风餐露宿，患上了哮喘病。冬至数九便整天整夜咳嗽，不敢躺倒炕上，只得把枕头顶在胸口，呼噜气喘坐到天明。一直咳嗽到来年阳春三月，咳嗽虽然暂停，身子却已骨瘦如柴，活像一副骷髅架子。地主从他身上榨不出油水，怕他死在菜园，不到下工就打发他回家。从这一天起，一窝八口揭不开锅。

大女儿小名叫团圆，八月十五中秋节所生，才起了这个奶名。她是长女，已经十一岁，眼见老爹病得沉重趴了炕，亲娘穿针引线累得手颤，几个弟弟妹妹嗷嗷待哺，也想为爹娘分担一些沉重，糟糠烂菜也要吃上饭。

她到河滩挖野菜，抬头看见岸边停泊一只运粮大船。

这条大船的船舱里，满装的是进口安南西贡大米，从天津运到通州旧城南门外码头，倒运到京通铁路南站火车，送到京城分发各个粮栈。船到河西务，河道水浅难走，停泊三日等候瓢泼大雨，水涨船高才能上路。十来名船夫上岸，不是到宝局赌钱，就是到暗门子嫖娼。保镖的刘二皇叔本该片刻寸步不离大船，只因三里外的一个村庄唱野台子戏，船主黑牲口知道他是个戏迷，犯起戏瘾宁可不吃不喝也要看个够。船主很会收买人心，就打发他离船听戏，自己抱着一枝老火枪守船。

张团圆是一条人鱼，水下睁眼看得见几丈外的游鱼跑虾。这天正是月黑夜，她从河边悄悄下水，一个猛子就到运粮大船船尾，钻出水面扒上船去，看见黑牲口坐在船头，大块吃肉，大碗喝酒。她像一只仓鼠，溜进船舱，摸着了一麻包西贡大米。力气太小搬不动，她又摸来摸去摸着一个水罐，便用牙把麻包咬破一个窟窿，哗啦啦大米淌进水罐里，灌满一罐拎起就走。

谁知，刚出舱口，就被守候舱口的黑牲口抓住，夺下米罐子，拉扯到桅杆下，黑牲口已经喝得八九分醉，醉眼蒙眬见是一个花朵似的小女孩，淫欲大发狞笑道："小丫头儿，想把这罐子米拎走吗？"团圆哆嗦一团，点点头颤声说："想……拎回家……几天没吃饭了。"黑牲口嘴角淌下口水，说："有来有往才是生意，你愿不愿意跟我交换？"团圆只想把米罐子拎回家去，全家人吃顿饱饭，糊里糊涂答着："我愿……

换……换……”

黑牲口一边解开裤带，一边淫猥笑道：“你也脱吧！”

团圆这才知道上了当，吓得尖叫起来：“救命呀！”

“跑不了你！”黑牲口伸出长满黑毛的双手，按倒团圆，压在身上，“你给我生个大胖小子，我娶你当姨奶奶。”

团圆在黑牲口身上推、抓、踢、咬，人小渐渐气力不支，只有扯开嗓子呼救。

眼看黑牲口就要得手，忽然岸上飞来块干泥饼子，端端正正打在黑牲口的后脑勺上，一声不哼昏厥过去。团圆爬起身就跑，岸上有人喊道：“把米罐拎走呀！”团圆拎起米罐跳上岸，不见人影也道了一声谢：“恩人，我们一家给您供长生牌啦！”

“折我的寿，不敢当。”那人从柳丛中走出来，正是刘二皇叔，“从今以后，每逢这条船在河西务靠岸，你就带着口袋前来背粮。”

一趟，两趟，三趟……一月，两月，三月……黑牲口汗毛梢上长贼眼，对刘二皇叔的漏柜有所察觉，他惹不起刘二皇叔的拳脚，反倒赔上一桌酒肉，客客气气劝刘二皇叔良禽择木而栖。响鼓不用重捶，刘二皇叔放下筷子，二话不说，起身就走。

他怕自己离开这条船以后，团圆又来背粮，落入黑牲口的手心。不能不辞而别，他便打了一瓶酒，割了二斤肉，头一回走进团圆家的泥棚茅舍。

团圆家本来是三间房，鸡笼二姑为给男人治病，扒倒一间，拆下四根立柱八根檩条卖钱给男人请医抓药。剩下两间低矮狭窄，一屋住人，一屋做饭，转不开身。刘二皇叔走进屋去，团圆爹病倒起不了炕，有气无力呻吟不止。刘二皇叔见此情景，一会儿也不想停留，放下酒和肉，就赶忙抽身告退。团圆爹觉得亏情欠理，喊鸡笼二姑拽住刘二皇叔的胳臂不放。

鸡笼二姑炒得几个菜，放下炕桌，抱起男人跟刘二皇叔喝酒。那年鸡笼二姑刚三十出头，男人叫她认刘二皇叔当干兄弟，刘二皇叔不愿攀大，宁可吃亏当小辈，甘愿管鸡笼二姑叫干姑姑。

借酒浇愁愁更愁，三杯酒下肚，刘二皇叔醉得人事不醒。鸡笼二姑叫孩子们到院里葫芦架下去睡，她把刘二皇叔安放在炕脚。

梆打五更，鸡叫三遍，沉醉的刘二皇叔半睡半醒，只觉得有人推动他的身子。他睁了又睁才半睁开眼睛，夜色暗影中只见光身的鸡笼二姑，正在把他搬到身上去。他大叫一声跳起来，两脚跳塌了炕面。不等他开口大骂，鸡笼二姑的男人说了话："好兄弟，她虽说比你大十多岁，长相可不难看，你就拉这个帮套吧！"刘二皇叔心如刀剜，掏光了口袋，把黑牲口结算给他的全份工钱，都留给团圆家，头也不回走了。

回到运河滩上，刘二皇叔开荒种地，立起了锅伙，后来便娶妻生子，安居成家，万没想到，儿子金榜三岁丧了母，他变成爹娘一身二任的鳏夫。每天扛锄下地，都得把儿子背在后腰上。

这天起晌，他背着金榜扛着锄头，刚走出锅伙村口，只见一伙逃荒的人，挑筐、赶驴、推着独轮车，一路烟尘。这一行人，个个囚首垢面，嘴干唇焦，踉踉跄跄，一个跟头栽倒就爬不起身。刘二皇叔站立路旁观看，想带他们到自家的柳篱小院，歇一歇脚喝口水。

他还没来得及开口，忽然一个泥头土脑的少女喊道："鞑子大哥！"

刘二皇叔瞪大眼睛，看了又看也看不出这是何人，只得问道："你是谁？"

"我是团圆呀！"少女跑下河坡，蹲在河边洗净了头脸，返回岸上笑问道，"难道你早把我忘得一干二净？"

"女大十八变，越变越好看，晃花了我的眼。"刘二皇叔又问，"你爹娘呢？"

"我爹死五年了。"团圆低垂了长长的睫毛，"我娘给黑牲口养了个儿子，黑牲口收了她当小老婆。"

"鸡笼二姑怎能改嫁这狗贼？"刘二皇叔连连叹息。

"几个儿女要吃饭呀！"团圆从刘二皇叔怀里把金榜抱过来，"想不到你有这么大的儿子，大嫂呢？"

"她……前年死了。"刘二皇叔长叹一声，"我是穷命，这个孩子是命苦。"

"呵！"团圆眼睛一亮，脸色一暗，压低声音，"大哥，你拦住那个白毛老婆子，叫她在这片河滩上安家落户，我替你把儿子带大。"

"那老太太是你什么人？"

"婆婆。"

"你才多大就出嫁了？"

"童养媳，还没圆房。"

"谁卖了你？"

"我娘跟我舅舅串通一气。"

亲娘卖女，舅舅帮凶，外人怎能抱打不平？刘二皇叔心中难过，也不想挂在脸上，便问道："哪个是你男人？"

“看那傻小子！猪八戒投胎。”团圆甩手一指，泪下如麻。

刘二皇叔的目光随着团圆的手指望去，只见一个粗壮呆丑小伙子，躲在老母背后，牵着老娘衣襟儿，嘴含一根指头，满头冒傻气。

13

张团圆一家人留下来，暂住刘二皇叔的柳篱小院。团圆夜里搂着刘二皇叔的儿子，跟婆婆住在正房东屋。刘二皇叔和团圆的傻男人睡西屋。他找阴阳先生看风水，给团圆一家选中了一块空地，带着团圆的傻男人夹篱墙，搭棚舍。

刘二皇叔热心肠儿，好心眼儿，相处几天就亲如一家。这家人姓杜，原来也是肉头户，曾有十多亩地和三间半砖房，才舍得二亩地和十石粮，买下团圆当童养媳。

谁想今年闹大水，大水冲刷河岸，十多亩地冲进河中不剩一垄，三间半砖房也堕入大河沉了底，一家人这才挑担背筐出外逃荒。团圆一路行走，心中暗暗祷告上苍，不离热土，绝处逢生。想不到途中巧遇刘二皇叔，真可算老天爷长了眼。

不见刘二皇叔，张团圆春心已死。自古姻缘天注定，她嫁给杜大傻子是命中活该，并无三心二意。但是，见到刘二皇叔，又朝夕相处可就难以心如枯井了。

十五岁的张团圆，已经半生不熟，难免杂念丛生。砌得上墙，搭起棚舍，黄道吉日搬家，张团圆临走要跟刘二皇叔掏一掏心窝子。

棚舍刚上梁，张团圆就催刘二皇叔给杜大傻子找个挣钱养家的营生。刘二皇叔虽已上岸务农，仍有许多水路朋友，有一条运粮大船想找个行船拉纤、泊岸扛包的船工，工钱可高五成，只是两个月才许回家一趟。杜大傻子头小肩宽胸厚，腰圆腿粗脚大，像一头傻骆驼；吃饱肚子力大无穷，只要吃喝跟得上，肚子里不觉得饥渴，干起活儿来可以不停手，不歇脚，不睡觉，活像诸葛孔明六出祁山的木牛流马。

刘二皇叔又帮他们从河防局租赁三亩河滩荒地，张团圆带着金榜开荒，刘二皇叔在自家里闲下了手，也过来帮工。杜老太太年老力衰，又是两只粽子小脚，留在家里做饭，养猪喂鸡。她还会跳大神捉妖拿邪，哪家女人得了癔症，她披头散发，烧符念咒，咬破中指，滴血染在碧桃木剑尖上，又跳又叫，又笑又唱，顺手半空一抓，抓来一只死黄鼠狼，女人马上醒转，上炕拿剪子，下炕拿铲子，腿脚灵巧，口舌像敲梆子响。所以，三天两日有人赶着毛驴把她接走，从这家转那家，出这村进那村，常常十天半个月不回家。这一来，张团圆跟刘二皇叔相会，白天黑夜都方便。

夜里下过一场大雨，青纱帐里进垄下不了脚，刘二皇叔耪不了地，就到杜家的河滩开荒地埋柳棵子。杜家的开荒地在一座白沙丘下，入冬一刮西北风，白沙覆盖田地上，来年就不能春种。即便不被白沙毁田，沙丘扩张地盘挪了窝儿，也会把田地蚕食吞并。所以，河滩开荒，一要栽柳墙，二要挖草根，三要排沥水。杜家这块河滩开荒地的沥水已经排除干净，草根也挖掘不少，晾晒在毒日头下，当天就能烧火做晚饭。只差刘二皇叔前来栽柳。

白沙丘上柳棵子茂密如云，张团圆在柳棵子地的绿荫下，鼻孔哼着催眠曲哄金榜睡觉，自己也东摇西晃前仰后合打盹儿。

刘二皇叔爬上白沙丘，吓了一大跳，只见张团圆脱下柳条格小衫，掀起了红花兜肚，一只半大不小的乳房含在金榜嘴里，金榜嘬着奶头吱咂有声。刘二皇叔转过身背过脸，轻轻咳嗽一声。

张团圆睁开惺忪睡眼，也不害羞，笑了笑道："你当爹当不了娘，磨盘的胸脯子怎能给孩子吃奶？"

"穿上衫子！"刘二皇叔喝令，"放下兜肚。"

"给孩子吃奶不怕外人看。"张团圆嬉笑道，"你也算不得外人。"

"想叫男人看，那就给杜大傻子看个饱。"

"他敢偷看我抠瞎他的眼！"

"大傻子是你男人。"

"我管他叫傻哥。"

"圆了房就是你丈夫。"

"我的丈夫是你！"

"疯话！我顶多算是你的干哥哥。"

"我就是要你跟大傻子换个坐位。"

"夺活人妻，千人啐万人骂，我不怕啐破了脸皮，还怕骂裂了祖坟。"

"你害怕丢了脸，就忍心看我在火坑里打滚儿呀！"

"是你娘跟你舅舅把你推下了火坑！"

"拔刀相助真君子，见死不救是小人！"

这是野台子戏《白水滩》中好汉十一郎的豪言壮语。

刘二皇叔无计推脱，只得苦笑道："我看杜家母子待你不恶，怎么能拔刀相助？”

“老婆子嘴上甜如蜜，心中一把刀。”

“大傻子还算厚道。”

“他娘吹口气，傻狗就刮大风。”

刘二皇叔叹了口气，低下了头，说：“妹子，我不会见死不救。”

“鞑子哥，有你这句话，我就有了依靠。”张团圆把睡熟的金榜放在柳荫下，盖上自己的柳条格衫子，含泪拿起镰刀，钻进柳丛砍柳枝子。

刘二皇叔在白沙丘下的荒地边沿，挖了一道又一道沟，栽下一溜又一溜柳，三盘四绕，五环六锁，四框都立起了柳障。

晌午收工，刘二皇叔扛锹拿镰、张团圆背着金榜，回家做饭，不知道的只当是两口子。吃过饭天更毒热，张团圆回到自家歇晌。躺在炕上刚阖眼，一阵冷风吹来满天乌云，一道电闪扯来滚滚雷鸣，又下起了倾盆大雨。四面柳墙得透雨之利，死不了一棵，也就受不着风沙之害。

刘二皇叔却另有一想，假如大雨把张团圆拦在柳篱小院，风雨雷电中难保不出意外。

然而，躲得过今日，却躲不过来年。

转年也是暑伏时节的一天，不过头一天晚上没有下大雨，刘二皇叔自己带着金榜到青纱帐里耪地，金榜钻进豆丛里捉蝈蝈。中午收工之后，刘二皇叔又把儿子背回家，亲手做饭爷儿俩吃。蝈蝈在笼中鸣叫，金榜嘴叼着饽饽酣睡起来。一阵冷风吹来满天乌云，一道亮闪扯来滚滚雷鸣，刘二皇叔怕风雨雷电惊吓了金榜，搓了两个棉花蛋儿，堵住金榜耳朵，睡得更香。

大雨引发了酒瘾，刘二皇叔找出半葫芦酒，也不想炒几个酒菜，就捞出三个湃在水缸里的白玉兰香瓜，咬着香瓜满口甜，喝着烧酒超兴致。两个香瓜酒四两，醉眼蒙眬中忽见有人顶着破斗笠跑进院来，他眨了眨眼，那人已经扑进屋里，来到他的面前，原来是张团圆。

“把我浇了个透心凉。”张团圆当着刘二皇叔的面，脱下柳条格衫子解开红花兜肚，“把你那紫花布大褂给我穿上。”

“你先喝口酒，暖暖身子。”刘二皇叔递过香瓜和酒葫芦。

《四进士》里的宋士杰唱道：“三杯酒下咽喉，把大事误了。”张团圆咽喉中连下酒三盅，冷雨浇得惨白的脸儿灿若桃花，心慌意乱眼乜斜，头重脚轻倒在刘二皇叔怀里。

刘二皇叔也酒力发作，乘兴把张团圆抱在怀中，双双倒在炕上。

……大雨还下个不停，金榜仍没睡醒。

张团圆枕在刘二皇叔胳膊上，紧黏在刘二皇叔身上，眼泪汪汪笑道：“我把黑子红瓤的身子给了你，你不娶我雷殛了你。”

话刚落音，窗外响了个大炸雷，震得地动房摇，震得他俩在炕上三起三落，震得金榜哇地一声哭起来。

两人慌忙穿起衣裳，张团圆抱起了金榜，掏出奶头塞进金榜的嘴。

“娘！”金榜脸埋在张团圆胸脯上，哭个不住声，张团圆和刘二皇叔也就不能有问必答。

从这一天起，金榜认张团圆当干娘。张团圆自以为进入刘家柳篱小院，十拿九稳，指日可待了。

知人知面不知心，男欢女爱遮住了张团圆的眼，刘二皇叔每回跟她亲热，两身连体不分离，心中却是十五只柳罐打水，七上八下拿不定主意。

日复一日，月复一月，张团圆等得急不可耐，使出了女人的杀手锏。

14

刘二皇叔满心想跟张团圆结为夫妻，只因觉得神婆儿杜老娘和杜大傻子都很软弱，他欺辱弱小要遭人唾骂，反倒不敢强争硬夺。杜老娘也许看出了刘二皇叔的于心不忍，又叫杜大傻子跟刘二皇叔拜把子。刘二皇叔比杜大傻子大几岁，杜大傻子是盟弟，张团圆也就变成了刘二皇叔的兄弟媳妇。北运河乡俗，大伯子和弟媳妇通奸要引起公愤，这就更捆绑了刘二皇叔的手脚。

进退两难只能原地不动，张团圆磨破了嘴皮子，刘二皇叔也不能横下一条心。三姑六婆，心肠歹毒，张团圆的一动一静，杜老娘那一双鹞子眼都盯住不放。

张团圆还没有圆房，一直跟杜老娘睡一屋，杜大傻子背纤扛麻包，歇工回家送钱，在另一间屋里单身独睡。这天半夜，张团圆醒来，不见杜老娘睡在身边，又正逢杜大傻子送钱回家之日，心里犯起嘀咕，慌忙下炕跟踪。一出房门，就听见杜大傻子屋里，娘儿俩一高一低对话。

“傻子，傻子！醒一醒……”杜老娘轻声低语。

“我困，别搅我睡觉！”杜大傻子驴性，大吼大叫。

“傻子，你的媳妇坏了肠子变了心，捞在碗里的饺子吃不到你嘴啦！”

“谁抢我的饭碗？”

“鞑子刘，刘鞑子。”

“那就给他吃。”

“尿种，乏货，软胎子！”

“我没有武艺，打不过他呀！”

“下个月歇工，你跟船老板多告几天假，我给你跟团圆圆房，笨鸟先飞早入林。”

“娶媳妇，嘻嘻！”

张团圆打了个哆嗦，浑身肉颤，又气又急又怨又怕，等不得天光大亮，撒腿就奔刘二皇叔的柳篱小院跑。

跑到半路，一个踉跄收住脚。

红口白牙嘴里跑舌头，刘二皇叔不会信以为真，只当她撒呓挣说疯话。她眉头一皱，眼珠儿滴溜转，想出了个对症下药的花招儿。

不下夜雨，大热天刘二皇叔都睡在葫芦架下，张团圆一进柴门，放声大哭，扑到葫芦架下的刘二皇叔身上。

“丫头，是不是做噩梦吓了魂儿？”刘二皇叔长满老茧的大手，抚摸着张团圆的身子笑问道。

“鞑子……我肚子里……有啦！”张团圆演得真切，哭得悲切，“我得给你留脸，跳河一死干净。”

“你敢！”刘二皇叔怒喝道：“你跳河害死两条命，我饶不了你。”

张团圆绕在刘二皇叔身上，哭道：“我的肚子显了形，还怎能活着见人？”

“几个月了？”

“两个月出头，三个月不到。”

“一时半会儿看不出来。”

“你摸摸，生西瓜大小。”

刘二皇叔伸过巴掌，张团圆一口气鼓起肚子，哪里小得像生西瓜，分明比柳罐斗还个儿大。刘二皇叔惊叫道：“我看不够六个月，也是五个月拐弯儿。”

“火烧眉毛尖儿，你快想主意吧！”

“天亮我就找你婆婆给你赎身。”

“咱俩手拉手前去，当面锣对面鼓。”

二茬子瓜甜，回笼觉最香，两人在葫芦架下共度后半夜，颇有洞房花烛夜风味。

天明，吃过早饭，刘二皇叔穿起身走亲赶集的衣裳，张团圆换上金榜娘留下的喜色衣裤，还身背金榜，两人就像新婚小两口拜回门，直奔杜家而去。

一进杜家就有些奇怪，杜大傻子没有回船，杜老娘就像肚子里藏有锦囊妙计。

“团圆，我的闺女！鞑子，我的姑爷！”杜老娘装得喜形于色（张团圆只看出三分假，刘二皇叔光瞧见七分真），“月下老儿有眼，把你们拴成一对儿，我家大傻子是个癞蛤蟆，怎配吃团圆的天鹅肉？”

刘二皇叔本来觉得亏情欠理，杜老娘软得像一摊稀泥，越发感到十分羞愧，红着脸吭哧道：“杜老娘，您老人家的大恩大德，我千金难报。团圆的身价钱，我分文不少还给您……”

“还得按年头儿给利息！”杜大傻子大事不糊涂。

“利钱我一分不要！”杜老娘连连摆手：“只是我有个心愿，不知二皇叔答应不答应？”

“杜老娘，您老人家开口，我没个不点头。”

“团圆来到我家三年，我打过她，骂过她，心里可也真疼她。我拿她当亲生女儿，明早从我家出门子。”

“娘，我对不起您，对不起傻子。”张团圆也深受感动，眼泪像断线珠子，“我出了门子也还要忘不了孝敬您，您就别为我破费了。”

“闺女，你说这话，是跟老娘见外，叫老娘寒心。”杜老娘吆喝儿子，“你也别回船上了，留下送你妹子过门。”

刘二皇叔也就顺水推舟，劝张团圆在杜家留住一夜。

他万万没有想到，这天夜晚，杜老娘给张团圆沏了一碗冰糖水，叫她润一润五脏六腑，说是嘴里心不苦，一辈子都有福。张团圆不知其中有诈，咕噜一口气喝下去。杜老娘跳大神，身上常带蒙汗药，把病人麻醉之后，使用绱鞋的大针扎病人的穴道。一大碗掺入蒙汗药的冰糖水装满肚子，不大一会儿张团圆便昏睡如死。杜老娘把着手传授一招一式，杜大傻子把张团圆剥得一丝不挂，一遍又一遍奸污了她，直到精疲力竭，像一条死狗溜下炕沿爬不起身。

彩霞中刘二皇叔的花轿进门，杜老娘把刘二皇叔带到张团圆的房外，捅破一层窗纸叫他看，刘二皇叔看了一眼，一言不发转身离去。

刘家祖训，家门不进二婚之女，坟地不埋再嫁之妇，刘二皇叔只得忍痛割爱。

他还想讨回张团圆肚子里那个孩子，等了几个月并无响动。又过了十个来月，张团圆生下一子，方头圆脑，蒜头鼻子大嘴岔，毫无疑问是杜大傻子的丰硕成果。

这个小杜大傻子，奶名叫驴儿，刚学会吃饭，就比张团圆吃得多，更比杜老娘饭量大，养一个驴儿，要用两个人的口粮，杜大傻子不但背纤、扛包，冰天雪地农闲时节，还得四出打短工，一年到头喘不了一口气。

杜老娘年老体衰，跳不动大神儿，整年咳嗽痰喘，已经油干芯枯，有今日没明日了。几亩河滩地的耕、耩、锄、榜全靠张团圆一人。

张团圆下地，难免跟刘二皇叔走碰头。两人都心灰意冷，谁也不看谁一眼，更不过一句话。刘二皇叔已经另有新欢，那女人原是野台戏班的小旦，刘二皇叔给这个戏班当护台，两人曾有瓜葛。小旦贪财，嫁给一个糟朽老官僚作妾，没有几年老官僚一命呜呼，她难耐清心寡欲的守节之苦，便逃奔到刘家锅伙，跟刘二皇叔重归于好，不算夫妻只是搭伙。张团圆跟杜大傻子捆绑而成夫妻，心中虽有积怨，逐渐也被杜大傻子的憨厚疼爱所感化，有了驴儿就更心安神定，不生杂念。

不过，两人心窝子里各有一愧，又使他们一刀难两断，藕断丝仍连。

刘二皇叔从金榜呱呱坠地，就不喜爱长相娇嫩的儿子。金榜自幼多病，亲娘死后更大病常犯，小病不断。刘二皇叔虽想，金榜不能金榜题名，也要识文断字，吟诗作文，做一个能登大雅之堂的饱学之士。但是，刘家世代习武，祖宗遗风不可改。金榜那弱不禁风的身子，怎学得了强拳硬脚长枪大刀？他原想张团圆会给他生个虎犊次子，谁知竹篮打水一场空？他怨过张团圆又恨自个儿，没有及早把张团圆娶回家。张团圆也不是不知道刘二皇叔这个心意，想到自己鼓着肚子诓骗刘二皇叔，欠债今生不能偿还，愧得就像鱼刺卡在喉咙里，咽不下去吐不出来，每一想到此事，心上就像滚动一只千斤沉重的青石碾子。

所以，刘二皇叔看中了驴儿，驴儿口口声声管刘二皇叔叫爹，团圆口头上骂儿子憨、傻、呆、愣，心里却卸下了一大半压力。

15

刘二皇叔会种地，不但精通农艺，而且很会算计。不光粪大水勤，还会三茬套种，小麦地里套种豌豆、蚕豆，收割了麦豆便点西瓜，套种快玉米。西瓜拉了秧又给一茬荞麦。立春、雨水、惊蛰、春分、清明、谷雨、立夏、小满、芒种、夏至、小暑、大暑、立秋、处暑、白露、秋分、寒露、霜降、立冬、小雪、大雪、冬至、小寒、大寒，二十四个节跟播种收割，要掐算得准时无误。人误地一日，地误人一年，不能闹着玩儿。

西瓜开园前半个月，刘二皇叔就日夜住在窝棚里看守，怕的是有人偷走瓜王，伤了利市，全年凶多吉少。

运河滩上老庄户、苏洼子、刘家锅伙三村的刺儿头嘎杂子，不管贼胆子有多大，也不敢偷刘二皇叔的瓜。人的名儿，树的影儿，刘二皇叔为人顶天立地，武艺高强无敌，没有谁敢拈他的虎须找死。

后生可畏，初生牛犊子不怕虎，五岁的驴儿竟敢在光天化日之下，光着屁股穿红兜肚，目中无人勇往直前，就在刘二皇叔眼皮下闯入瓜田，动手就摘一个黑崩筋儿大西瓜。东拉西扯扭断瓜蔓，双手抱瓜却纹丝不动，满头汗水抹了个花脸，费尽吃奶的气力推动西瓜也难移三寸，气得他直起身子，双手叉腰，眼瞪得滚圆，呼呼喘气。陡地，一口唾沫啐在地上，拍了拍光葫芦头，跺脚哈下腰，一头向黑崩筋儿西瓜撞去。当！黑崩筋儿西瓜稳如泰山，驴儿一屁股跌倒在地，额角肿起杏儿大青包，咧开大嘴哇哇哭起来。

“好小子！”刘二皇叔哈哈大笑道：“一道篱笆两个桩，一个好汉二人帮，我来助你一臂之力。”

说着，大步走到驴儿面前，伸出大手给驴儿擦净满脸的鼻涕眼泪，便弯起两根手指，照黑崩筋西瓜上轻轻弹了一下。嘭！西瓜四分五裂，块块大小均等，驴儿破涕而笑，抓起一块就啃。

连啃了八块，驴儿大腹便便，就像吹鼓的猪尿泡。虽然一边吃瓜一边撒尿，撒的没有吃的多，肚子只胀不消，只大不小。水饱也能撑死人，他打了一串饱嗝儿，只得罢手。

“我不吃了。”驴儿大模大样，“给我摘个瓜，抱回去给我妈。”

“好个孝子！”刘二皇叔拍拍驴儿的肚皮，“往后你天天来吃西瓜，我都管你够，还给你娘带一个。”

“你跟我好，跟我娘也好，你是我什么人？”

“你说呢？”

“你是我爹。”

“那你就是我儿子。”

刘二皇叔喜兴兴进垄，一会儿抱出个斗大的鬼脸儿瓜，亲自送到杜家河滩地的柳墙外，放下西瓜扭身走上白沙丘，躲在柳丛中偷看。

“娘，快来搬西瓜！”驴儿连连喊叫。

张团圆正在青纱帐薅草，听见儿子叫声，连忙放下薅锄出垄，看见西瓜心中一动，向驴儿道：“这瓜是哪儿来的？”

“我爹送的。”

“你爹呢？”

“扔下西瓜就走了。”

“这个死傻子！”

“不是傻子是鞑子。”

“你知道鞑子是谁？”

“人家又都管他叫二皇叔。”

张团圆扑哧笑了，骂道：“他倒会捡便宜！不费气力白得一个大儿子。”

驴儿胳臂肘子朝外，说：“不费气力怎能抱来个大西瓜？”

“不许你管他叫爹，你爹是大傻子。”

“我不要那个爹，我要这个爹。”

“活驴！吃里扒外。”

柳丛中的刘二皇叔双手捂紧了嘴，才没有笑出声。

他看见，已经二十出头的张团圆，比前几年那个丫头片子更壮实，更丰满，更鲜艳，更好看，像那红透了的蜜桃，熟透了的香瓜。只是穿着破衣烂衫，一层一层打补丁，令人难受，眼窝子出汗。刘二皇叔多想走出柳丛，跟她重归于好，可又迈不动脚步。张团圆是个有夫之妇，他不能挖墙角钻狗洞。自己虽不是有妇之夫，却有个搭伙的小旦。小旦是个贱货，谁出大钱就卖身，但是当年在野台子戏班里，小旦给他的可是原封女儿身。他信不过小旦，信得过的是张团圆。占着小旦，色迷心窍，勾引张团圆就是哄骗她，耍弄她，良心喂了狗。

刘二皇叔舍不得离开柳丛，他想多看张团圆几眼，多吸几口张团圆身上的汗味儿，那是晒蔫了的野花气息。

“娘，快吃吧！”驴儿肚子瘪了，又口馋起来。

张团圆也渴得嗓子眼儿冒白烟，便回到青纱帐取来薅锄切瓜。

“我爹手指一弹，西瓜就裂成八瓣儿。”驴儿是个死爹哭娘拧丧种，管刘二皇叔叫定了爹不改口。

“回家可不许乱叫呀！”张团圆又叮嘱儿子，“奶奶扯烂你的嘴，揭下你的皮。”

“还得打断你的腿。”驴儿又吃瓜，狼吞虎咽，撒尿水花四溅。

张团圆也吃得要走小水，说：“驴儿，坐着不许动！娘到柳丛里方便方便。”

柳丛中的刘二皇叔见势不妙，抱头遮脸拔腿就跑。张团圆吓了一大跳，等到定神望见刘二皇叔的高大背影，又气又恨地笑了，笑着笑着却又泪下如麻。

跑回自家瓜园，喘过了气便听见肚子里咕噜噜牛鸣，他站起身手搭凉棚张望，不见小旦前来送饭，也不见自家烟囱有炊烟升起，心咯噔一跳，看来十有八九跟他搭伙的那个小旦，逃之夭夭，不辞而别了。

这些日子，小旦常犯戏瘾，就像大烟鬼犯起了烟瘾。六神无主，坐立不安，茶不思饭不想。打鸡骂狗，砸盆摔碗，给刘二皇叔和金榜做饭，不是夹生就是糊焦，念私塾的金榜，常常饿着肚子上学。今日早饭小旦起了炕，不忙着熬粥，只顾描眉画鬓，梳妆打扮，金榜又吃不上早饭，空着肚子哭哭啼啼上学去了。刘二皇叔气得七窍生烟，只因前几天已将小旦痛打一回，才松开了握紧的拳头，扭转身气哼哼到瓜园去。多亏撞见驴儿偷瓜，才逗得眉开眼笑起来。

已经日照当头，饿了半晌的金榜就要下学，他赶忙跑回家，金榜跟他前后进门。

小旦母女不知去向。刘二皇叔一见此情此景，便知小旦带着女儿早已私逃，过河雇一头快驴，这时只怕身在百里之外，想追也已来不及。他并不气恼，只是怨恨交加叹口气，自言自语说了一句："想走明说，难道我还拦挡你？何必几天之前就抓破脸皮，非要一刀两断，不留个藕断丝连？"

金榜一见又要无饭可吃，咧开大嘴放声哭起来。

刘二皇叔觉得对不起孩子，心中难过，忙说："你到瓜园吃几个西瓜压饥，爹赶快给你煮几个鸡蛋。"

小孩儿的脸，三伏的天。金榜马上云开雨散，转悲为喜，一溜烟飞奔瓜园，敞开肚皮吃瓜。

离瓜园八丈开外，一股饭香就直钻金榜的鼻孔，跑进瓜园一看，更情不自禁垂涎三尺。原来，驴儿手捧一大海碗荞麦面轧饸饹，洒满青豆、蘑菇、鸡蛋卤，坐在窝棚口外，像一座泥胎一动不动。

"驴儿，快把你那轧饸饹给我吃！"金榜淌着口水喊道。

"不给你！"驴儿搂紧大碗，"我娘叫我亲手送给我爹鞑子刘二皇叔。"

"那是我爹！"

"也是我爹。"

金榜一想，小旦的女儿也管他爹叫爹，驴儿叫爹又何妨？便嬉笑道："驴儿，咱俩一个爹，我就是你哥哥。"

驴儿想了想，点了点头，说："我没吃亏，他也没占便宜。"

金榜引诱道："好兄弟，你给哥哥饸饹吃，哥哥让你随便吃西瓜。"

"换！"

金榜只吃了半碗便"无地自容"，驴儿连吃了三个大西瓜，也腹大如瓮，吃饱了食困，两个孩子头并头，肩并肩，在窝棚中放倒大睡，一呼一吸，一唱一和，活像哼哈二将。

刘二皇叔煮熟几个鸡蛋，急忙给金榜送来。只见两个孩子亲如兄弟，睡得正香。他心中闪过一个念头，金榜体弱学文，只能当个文墨书生，得有个武林好汉为他两肋插刀。驴儿虽然憨傻，却是心肠厚道，正可收他当义子，教他习武，等两个孩子睡醒之后，就叫他们在他面前拜把子。

大海碗里汤汤水水还有不少饸饹，刘二皇叔饿得两眼发蓝，也就顾不了许多，捧起来便狼吞虎咽。放下海碗，更觉饥饿，却听见瓜园相邻的青纱帐里，有人吸溜吸溜啼哭。

他走进青纱帐，张团圆一头扑进他的怀里，哭道："鞑子，苦死了你！"

力拔山兮气盖世的刘二皇叔，也号啕大哭。

16

小叫天（谭鑫培）十三岁脱离老金奎班，进京到大戏园子挂头牌，后来又入宫红透了紫禁城，西太后竟无谭不欢，赏他六品顶戴，民间听众便尊他为伶界大王。老金奎班沾伶界大王的光，在二百八十里北运河和京东八县，风光了三十年。日久天长，镀金的首饰便会暗淡无光，靠小叫天名气吃饭的老金奎班，也一年比一年衰落。穷则变，变则通，戊戌变法那一年（一八九八年），小金奎班主想出了高招儿，翻新了花样儿。两名坤角脱颖而出，并蒂双花登了台，走一处响一处，卖一堂满一堂。

这两名坤角儿，便是小金奎班主的两名养女，大姐金秋灯，小妹金莲灯。

秋灯长得比莲灯好看，却没有莲灯那一条甜、脆、亮而又娇声嗲气的嗓子。戏子之身，贞女品性，秋灯平日不苟言笑，面目古板，上台更是满脸凛然正气，活像玉雕、石刻、景德瓷的观音大士，缺乏坤角儿应有的叫座力。然而，戏中有个女神皇后，烈女节妇，诰命夫人，却又非她扮演不可。有一回，王母娘娘亲赴玉皇大帝蟠桃会，只不过浮光掠影跑过圆场，戏台下的观众，竟有大多半匐地上，连碰响头。金莲灯却大不相同，十三四岁年龄，飞眼吊膀子无所不通。那时，旦行还没有经过王瑶卿和梅兰芳的推陈出新，没有严格划分青衣、花衫、花旦等行当，莲灯却早已超前行动，不但有一条响彻云霄的金嗓子，一天早、中、晚连赶三场不倒腔，而且风骚、妖艳、泼辣，最会暗送秋波，眉目传情，耸肩媚笑颤奶子。《蝴蝶梦·大劈棺》的田氏，《战宛城》的邹氏，《乌龙院》的阎婆惜，《挑帘裁衣》的潘金莲，《翠屏山》的潘巧云，扮演淫妇最传神，能使万人迷。秋灯和莲灯，一正一邪，秋灯神气十足，莲灯妖气冲天。纨绔子弟地头蛇，如蝇逐臭，倾倒莲灯石榴裙下。

莲灯是一棵摇钱树，秋灯也是无价之宝。莲灯唱戏能挣万两白银，秋灯卖给高官富商作妾，也能赚白银万两。

机关算尽太聪明，小金奎班主搬起石头砸了自己的脚。他自以为心明眼亮，两眼能洞察秋毫之末，可就忘了灯下黑。

莲灯在田氏、邹氏、阎婆惜、潘金莲和潘巧云等淫妇的熏陶下长大，台上假戏台下真做。她蒙住刘二皇叔的眼，迷住刘二皇叔的心，勾住刘二皇叔的魂儿，桑间陌上，河边柳下，青纱帐中，两三天就找背静角落野合。刘二皇叔并非采花盗柳之徒，他一心想明媒正娶，娶莲灯为妻室，生儿育女。莲灯虽然喜爱刘二皇叔的威武雄壮，却只想当个露水姻缘的情人，不打算当个长年累月围着锅台转的村妇。

小金奎班主要将秋灯卖给一个姓乔的老官僚，当十三房姨太太，秋灯死活不从，挣脱了牢笼投奔刘二皇叔。

莲灯却高高兴兴代替秋灯到乔府，甘当乔老头子小妾。刘二皇叔跟秋灯结为柴米夫妻，一年后生下儿子金榜。金榜出生之日，大清江山易主，改叫民国。张大辫子带兵进京，吓跑了民国的文武百官，又将退位的小皇上抱回龙椅那一年，秋灯人死灯灭。刘二皇叔不愿娶个填房，一是怕儿子受后娘虐待，二是不敢有违刘家祖宗立下的家规：姓刘的坟地不埋二婚女子。刘二皇叔只有三间草房五亩河滩地，哪个黄花闺女肯嫁他。一晃二年，鳏夫孤儿，父子相依为命。

少年丧父，中年丧妻，老年丧子，人生三大不幸。刘二皇叔儿时，生父惹下杀身之祸，远走他乡不知下落。刚入中年又死了爱妻秋灯，三大不幸已占其二，元气大伤，心情苦闷，损失了逞强进取的志向。却在这时，莲灯像一朵柳絮杨花，从天而降，飘然而至。

莲灯还带着个三岁的女儿灯花儿，便是后来以唱程腔而大红大紫的乔穆秋。

原来，莲灯嫁到乔家，乔老头子早已气衰精绝，强弩之末不能穿鲁缟。改元民国以后，乔老头子以前清遗老自居。张大辫子进京复辟，他又回光返照，上窜下跳，被封了个从二品弼德院正卿，在院长康有为手下领饷。谁想，人心不古，复辟丑剧只上演了几天便收了场，乔老头子气急败坏，一病不起。偏在此时此刻，莲灯却怀了孕。乔老头子咽气，灯花儿墓生。五男二女闹分家，莲灯想给灯花儿争一份嫁妆，马上遭到反对。众人异口同声咬定灯花儿是个野种。可疑分子就是那常到老头子床头侍奉汤药，随便进出老头子卧房的五儿子。五儿子轻薄浮浪，是个戏迷，一年四季泡在票房，跟戏子出身的莲灯正是臭味相投。乔小五儿畏罪潜逃，众人觉得家丑不可外扬，虽不分给莲灯母女家产，但把她们留下来当女仆。寄人篱下，看人脸色，遭人白眼，吃嗟来之食，莲灯忍无可忍，这才背起灯花儿出逃。举目无亲，何处栖身？思来想去，只有刘二皇叔的柳篱小院是个落脚之地。

刘二皇叔和莲灯多年不见，各自又都遭灾受难，当年的怨恨一下子烟消云散，旧情复发就像火上浇油。莲灯很想名正言顺改嫁刘二皇叔，刘二皇叔却不敢有违祖制，二婚之女不可为刘家妇，这就在莲灯的内心投下阴影，压了块磨盘。

河山能改，本性难移。莲灯这些年不但没有改变轻佻脾气，到乔家十年浸透了染缸里的五颜六色，轻佻之外又增添了尖刻、刁狠、虚伪，可算变本加厉。刘二皇叔看待女人，只有一把尺一杆秤，那就是以秋灯为尺度，区分好歹。秋灯为人，品行端正，贤慧平静，吃苦耐劳。莲灯整个儿相反，嘴尖舌巧，嬉皮笑脸，好吃懒做，除了还没给刘二皇叔戴绿帽子，真正是不守妇道，缺少妇德。刘二皇叔一年容忍，两年发怒，三年便拳脚相加。有时把莲灯打得几天下不了炕，还强迫莲灯靠坐墙角，缝连补缀，不能趁机偷懒。

然而，刘二皇叔疼爱灯花儿，竟胜过自己的亲生儿子金榜。

秋灯跟莲灯不是一奶同胞，灯花儿却长得酷似秋灯；外甥女儿也没见过这位大姨，奇怪的是灯花儿一笑一颦，一举一动，都跟秋灯一模一样。

“这丫头，多像你姐姐。”葫芦架下饭桌上，刘二皇叔笑着灯花儿，一箸子一箸子给灯花儿夹菜，当着莲灯的面赞不绝口，“你看她喝粥吃菜细嚼慢咽，一不露牙二不吧唧嘴，文文静静像个千金小姐。”

“我怀上这个孩子那天晚上，正梦见我姐姐。”莲灯最会花言巧语，忙投刘二皇叔之所好。

“那她就是秋灯转世投胎，借她的身还了魂。”刘二皇叔越发眼角眉梢挂喜色。

“难得的是她嗓子能响堂，只是嗓音古怪。”莲灯三句话不离本行，“祖师爷赏她半碗饭，饿不死撑不着。”

“你还想叫闺女当戏子呀！”刘二皇叔大为不快，“我打算把她许配给金榜，圆咱俩今生难圆的梦。”

“你想叫天打五雷轰死这两个孩子呀！”莲灯凶眉恶眼沉着脸，“刚才还说灯花儿是我秋灯姐姐死而复生，羊羔跪乳马不欺母，把灯花儿许配金榜天理不容。”

刘二皇叔被说得张口结舌，把筷子拍在桌上，吼道：“反正我不许灯花儿唱戏！”踢滚了高粱叶子坐垫，起身就走。

莲灯惹火了刘二皇叔，怕遭毒打，夜晚没完没了跟刘二皇叔亲热。

两条胳臂两条腿，上盘下绕箍在刘二皇叔身上，哧哧笑道：“白天有话还没跟你说，怕孩子们听见，臊破了脸皮。”

刘二皇叔硬邦邦像一根榆木檩条子，哼道：“我真不知道你脸上还有一层皮。”

“每回那个老死鬼腌臜我，我把身子给了他，心里可想着你。”莲灯吸溜着鼻子，泪湿刘二皇叔胸窝，“有时想得发狂，打滚儿喊叫，乔老头子还当我给他揉圆搓扁了哩！”

“你这个贱货！”刘二皇叔嘴里骂着，口气却软。

“我就是想你发狂的时候怀上了灯花儿。”莲灯又像狗皮膏药粘贴住了刘二皇叔，“明天我到庙上烧香，求王母娘娘赏给金榜一个比灯花儿强过百倍的媳妇。”

刘二皇叔精疲力竭消了气，打着响如滚雷的呼噜，酣睡起来。

天亮，吃过早饭，刘二皇叔扛锄下地，金榜到私塾上学。中午，刘二皇叔收工回家，金榜放学回家，远看不见自家柳篱小院的炊烟，进门也不见葫芦架下摆放饭桌。莲灯带着灯花儿，不辞而别。刘二皇叔一不追寻，二不吼骂，流水落花随她去吧！

17

张团圆跟刘二皇叔连旱五年才下了场透雨，在青纱帐里大起大落，塌天陷地，横七竖八滚倒十五条垄，就像曾有二虎相争，两牛角力。过后，张团圆却又十分懊悔。丈夫杜大傻子已经几个月没有回家，捎过几回口信，说是等大雪封河走不了船，他回家能带一大笔钱，不光过个肥年，还要买几亩地。杜大傻子虽然生得猪不吃，狗不啃，姥姥不疼，舅舅不爱，对于媳妇却是一心保主，甘效犬马之劳，他娘挑三窝四，说五道六，他都充耳不闻。张团圆给他个好脸色，胜过他娘六筐废话。人心都是肉长的，将心比心，张团圆心中羞愧，她睁眼一看，自己赤条条一丝不挂，满身汗水滚得泥土草叶粘在前胸后背，像一头驴马枕在刘二皇叔胳臂上，尖叫一声，挣脱刘二皇叔的搂抱，抓起衣裤钻过几条垄，才匆匆穿起衣裳，蹑手蹑脚来到河边一处背静角落的水柳丛中，下水洗了个头脸通身干净。刘二皇叔累得腰酸腿疼元气大亏，也不想把她追回来。仰面朝天，四脚八叉，呼噜噜沉睡。

刘二皇叔睡得正香，忽然一堵山墙坍倒，砸在他的胸上，压得他差一点透不过气，惊吓得挺身坐起，却见是洗得一身水柳气味的张团圆压住他，两手捶打他的胸脯子，哭喊着："鞑子哥，傻子变坏啦！"

"傻子在哪儿？"

"回家来啦！"

"他打你？"

"傻子长了杨梅大疮，脸上开花啦！"

"啊！"刘二皇叔打了个寒噤，浑身冒起一层鸡皮疙瘩。

原来，张团圆洗净身子回到自家河滩地，就见有几个人抬着一块门板，慌慌张张奔她家去。她正觉得没脸见人，也就顾不得多想。谁知，不大一会儿，杜老娘便鬼叫连天喊她。她心怀鬼胎进了家，就见杜大傻子仰躺在铺着一块破席头的门板上，两眼塌下两个大坑，鼻头已经糜烂。从头到脚，处处红斑，流脓淌水，恶臭难闻。

抬门板的六个人，两人一拨，二里一换。鸡一嘴鸭一嘴，都说杜大傻子上了船主的当。杜大傻子人傻力气大，船主管他叫水牛。为把水牛拴在这条船上，船主只有两招，一个是赌，一个是嫖。杜大傻子赌过几回。脑筋不够用，七窍没有开，乱押孤丁胡出牌，别人摸不着他的路数，他竟连赢了几把。不过，大家都觉得他死活入不了道，都不愿带他玩。他也没上瘾，不玩正可睡大觉。赌拴不住他，嫖却把他带上死路。大河上走船，每条大船后都跟着一只花船，花船的水妓有高有低，有老有嫩，有俊有丑，花钱也就有多有少。杜大傻子把一个小钱看得比磨盘大，舍不得嫖嫩的，俊的，高等的，花钱多的。他只肯少花钱，嫖那些老的，丑的，低等的。这些衰老下来的水妓，虽无姿色却有手段，把杜大傻子颠簸得骨酥肉麻，着魔入迷。然而，老水妓们十个有五双得过脏病，日子一长，杜大傻子也就染上一身的病。

他不敢回家，船主也不许他回家。他嫖妓欠下一笔又一笔驴打滚儿，花船的东家是船主，驴打滚儿的债主也是船主。船主不把荞麦皮榨出最后一滴油，不会将他放生。他捎给家里的口信，都是船主编出的瞎话。傻子鹦鹉学舌，蒙哄得张团圆信以为真，深受感动。直到傻子还清了船主的本利，已经全身烂透，直不起腰，走不了路，船主才叫六个船工纤夫，把气息奄奄的傻子抬回家。

刘二皇叔把张团圆紧搂在怀里，说："傻子千不该万不该，有一天跟他算账。眼下，十万火急，是救他一命。"

"他烂得像个活鬼，我不敢看他一眼。"张团圆哆嗦得嘴唇失去血色。

"你到窝棚去看两个孩子，我到你家看大傻子。"刘二皇叔急公好义，撒腿就奔杜家大步飞跑。

“小心他身上的毒疮，沾上你的皮肉下蛆！”张团圆提心吊胆喊道。

刘二皇叔来到杜家柴门外，已有黑压压一大群人，比他早到一步。

院里，杜老娘像发了疯，解开她的发髻，稀疏的白发奓蓬起来，咬破了舌尖，在二眉之间画了个川字形的三道红，身披八卦法衣，挥舞一支涂着斑驳红漆的桃木剑，就像割断了鸡脖子一般，绕着杜大傻子仰躺的门板又唱又跳。门板上的杜大傻子毫无反应，身上爬满绿头蝇，杜老娘东砍一剑，西劈一剑，绿豆蝇四散纷飞，遮黑了半空，大家也就没有留神，突然天空中一声怪叫，常到村里偷鸡抓猪崽的秃鹰，一道闪电斜刺栽下来，锐利弯曲的长嘴啄在杜大傻子肚皮上，扯起一根肠子飞走，围观的人惊呆了眼，张大了嘴，却在这时，两条不知从何处而来的野狗，跃过篱笆进院，一条扯左腿，一条扯右腿，围观的人齐声喊打，两条野狗只叼走一只破鞋，仓皇奔逃。有个女人喊道：“杜老娘，傻子早就断了气，跳大神救不活他，你还是赶快找人收尸吧！”杜老娘打了个响嗝，两眼一翻白，扑地气闭而亡。

乡俗，死于脏症不能土葬，一把火连同住房、被褥、衣裳、家具烧个精光，灰烬都不许留存。

刘二皇叔带领他的三朋四友，七兄八弟，在村口一块无主的空地上，给张团圆和驴儿搭盖了两间泥棚，只是还没有垒起院墙，就叫她们母子到他家柳篱小院，跟金榜一个屋子睡，他到窝棚看瓜。

金榜和驴儿，一个干哥哥，一个干弟弟，相差整三岁，个头儿却差不了许多。躺在炕上，一个白一个黑，一个细一个粗，就好像一母所生的双胞胎。大热天的夜晚，农家都不点灯，一怕招蚊子，二想省灯油。

两个孩子在照进屋里的月光中玩耍了一会儿，就横躺睡着了。月光中的张团圆翻过来转过去睡不着，就到瓜园里找刘二皇叔。

刘二皇叔在窝棚外铺了一块苇席，光着身子盘膝大坐，身上披满银白银白的月光，像一座大理石的雕像。

张团圆走过来，坐在他的腿上，两只胳臂吊在他的脖子上，笑问道："还忘不了那个小旦？"

"我跟她本来就是露水姻缘不到头，搭伙的生意一言不和就拆灶，伤不了筋动不了骨。"

"这几年我站在远处看，小旦跟你就像蜜里拌糖，怎么一拆就散？"

"她是科班出身，我当护台也看戏不少，她会虚情假意，我也懂逢场作戏！"

"你跟我几分是真，几分有假？"张团圆从刘二皇叔的腿上站起来，二目圆睁冒冷气，脸上更下一层霜。

刘二皇叔苦笑了一下，说："跟你，我可是磨盘碰碾子，石（实）顶石（实），不敢亏情欠理。"

张团圆哼了一声，说："那就三媒六证，娶我进门。"

"祖庙那口钟，扣在我的头顶上，那是压在孙猴子身上的五指山。"

"又是那钟上铸下两行铁字：刘门不进二婚之女，坟地不埋再嫁之妇。你娶黄花闺女之前，别想拿我压饥解渴。"

张团圆拔腿就走，刘二皇叔也不追赶。天亮回家，金榜吃得满嘴流油，眉开眼笑上学去。张团圆带着驴儿早已走得不见踪影，锅里给他留着焦黄的贴饼子和一大碗糨粥。吃过早饭，他又返回瓜园，驴儿已经等候在窝棚外，不光白吃他的瓜，还白给他拿虫子。驴儿一口一声叫他爹，金榜也一口一声管张团圆叫娘，只是两人不过一句话。然而，张团圆和驴儿母子那两间泥棚，没有垒起院墙，也没有夹起篱笆，刘二皇叔很不放心，扔下瓜园不管，每晚到泥棚屋外站班守夜，很有几个青皮泥腿人蛆地癞，饱尝他的拳脚，从此连白天都不敢从张团圆的泥棚屋外路过。刘二皇叔每回痛打这些“扒绝户坟，踹寡妇门”的坏家伙，张团圆都坐在炕上，从窗眼儿里偷看，刘二皇叔三拳两脚，就像跑马戏的艺人踢毽子，一踢起三尺高，翻倒在地摔成一条死狗，从昏迷中醒转过来，跌跌撞撞逃走，像喝醉了酒。

寡妇门前是非多，歹徒骚扰绝迹，媒人又搅扰得张团圆不得安宁。

会相面有眼力的媒人咬定，张团圆的脸蛋儿、眉眼儿、奶子、身段、腰胯、屁股，都是多子多福的贵相。不能小看媒婆儿的嘴广告。一传十，十传百，百口传说一句话，芝麻粒儿磨盘大。媒人就像走马灯，出出入入，门庭若市，有的想娶张团圆做填房，有的想买她当二房，还有的不管她是二婚改嫁，就是想跟她白头到老结夫妻。每个媒人走进张团圆的屋门，刘二皇叔都坐立不安，心乱如麻，一见媒人走出来，他就直眉瞪眼跑过去，拦住媒人问道：“她点没点头？”媒人答道：“也没有摇头。”刘二皇叔就更七上八下忐忑不安。吃不下饭睡不安觉，肝火旺盛就大发霸王脾气，在通向张团圆家的大路小道上，有的挖了沟，有的堆上枣枝子十字架，这是绿林好汉封桥断道的暗号。他手持看瓜的柳叶枪，站在土牛上，一夫当关，万夫莫开，媒婆子见他活像当阳桥上张三爷，凶神恶煞模样，吓得望影而逃，有的更是屁滚尿流。

张团圆一落千丈，门庭若市变成了门可罗雀。刘二皇叔班师还朝，从此一无内忧二无外患，只等张团圆上表称臣受招安。

姜子牙钓鱼，愿者上钩。刘二皇叔守株待兔，稳坐钓鱼台，这天傍晌，张团圆一边哭，一边骂："鞑子你不得好死！"闯进瓜园就跟刘二皇叔撞头。

刘二皇叔心中暗笑，说："是不是媒婆子不进门，六神无主丢了魂儿？"

"这几天少了你这条看家狗，又有黄鼠狼给鸡拜年。"

"谁？"

"我表哥孙大裤裆。"

张团圆的姥姥家姓孙，在河西务镇开炸果子铺，兼做贩卖人口生意。张团圆的爹死后，她娘鸡笼二姑带她和弟妹投奔舅舅家，舅舅心黑如炭，把她娘卖给黑牲口作妾。将她卖到杜家当童养媳。她娘早死了，舅舅也已死数年，留下个儿子一脉相传。听说她年轻丧夫，舅舅的儿子孙大裤裆闻腥而来，劝她奔前走一步，男方竟是黑牲口，女补母缺。

"你吃瓜败火，我替你送客！"刘二皇叔长满老茧的大手，给张团圆擦干了眼泪，哼着小曲儿出瓜园。

张团圆爱吃甜瓜，刚咬了一块入口，就听她那泥棚里阵阵杀猪叫。过了不大一会儿，孙大裤裆像一条吃下烟油子的毒蛇，歪歪扭扭爬向河边，搭过往小船回河西务。

刘二皇叔哼着小曲儿得胜回园，张团圆迎上前去，眼泪汪汪哭道："鞑子，我不三心二意了，这辈子就跟你搭伙。"

刘二皇叔笑了笑，说："早就这么想，哪会招来鬼叫门？"

“老杜家族里要收我们母子的河滩地，你可不能袖手旁观。”

“改嫁他们能把你扫地出门，搭伙他们管不着。”

“不许你吃着碗里看锅里，骑驴找马把我撇在半路。”

“我们刘家是宁让天下人负我，我不负天下人。”

18

刘二皇叔一身是胆。一身力气，一身武艺。这个有名的鞑子（匈奴人后裔）刘，全靠他的拳脚和忠勇，争得了汉家正宗的地位，变成了汉景帝玄孙中山靖王之后的刘玄德的苗裔，而且得了个刘二皇叔的尊号。然而，他却连个刘字也不会写，更不用说他那宗汉的大名了。慢说难登大雅之堂，就是进入家庙祠堂，手也不知往哪儿搁，脚也不知往哪儿站，张嘴口吐只言片语，必定不够尺寸，有失板眼。

于是，他咬了咬牙，牵着八岁的儿子金榜的小手，走进私塾叩拜孔老夫子神主，一定要叫儿子识文断字，文武全才。金榜头脑聪明却体弱多病，打不了拳踢不了脚，正是念书的坯子。

十年寒窗，金榜从私塾结了业。农家子弟出身，没念得五谷不分，却念成了四体不勤，种地受不了累，吃不了苦，多亏有人请他教书，收入还比长工多几斗。

以老庄户为中心，左有苏家洼子，右有刘家锅伙，三村合成的运河滩上。金榜得了个“金榜眼”的美名。状元、榜眼、探花三鼎甲，皇上钦点的功名，正牌的天子门生。金榜虽是假、冒、伪、劣，狭天窄地三家村，也能滥竽充数。英雄难过美人关，才子常有佳人伴。金榜也就嗜酒好色，拈花惹草起来。

当年，单老双父母双亡，被舍到庙里当小沙弥。不久，刘二皇叔也来到这寺庙当了个小雇工。一僧一俗，两个孩子，看管菜园。单老双心善不杀生，连咬烂瓜果的肉虫子也不忍加害，刘二皇叔便责无旁贷地扮演凶手。刘二皇叔顽皮淘气，胆大包天；老方丈严禁偷吃菜园瓜果，刘二皇叔却像孙猴子大闹蟠桃会，想吃就吃个够。老方丈每到菜园转上一圈，瓜果多少都心中有数，一过眼就知道丢三缺四，不管是人吃、鸟啄、獾咬，都将单老双和刘二皇叔暴打一顿。单老双打不还手，骂不还口，刘二皇叔却不肯低头死受，每回挨打不但横眉瞪眼顶嘴，而且眼含凶光，面带杀气。单老双怕他忍不下这口恶气而动手伤人，只要老方丈查问丢失瓜果，他便挺身而出，代人受过，每回都被老方丈打得皮开肉绽，罪魁祸首的刘二皇叔却毫无所伤，逍遥在外。一回两回，十回八回，刘二皇叔深感羞愧，也就不再贪馋忌了口。刘二皇叔感念单老双情深义重，只要单老双跟他开口，他无不点头应允。两人都还了俗，更像一奶同胞，生死弟兄。

常三褡裢没有儿子，女儿也不是自己的骨血，一腔父爱全交给了金榜。蒲团大娘更想一本万利，身子不重肚子不疼，就能白得个干儿子，比常三褡裢抢先把金榜认到自己名下。金榜一身懒骨头，双腿下跪，叩三个头，叫一声干娘，便得到蒲团大娘的疼爱，何乐而不为？荷包看多了野台子戏，只觉得金榜就是那落难风尘的文墨书生，自己便是多情重义的俏佳人，郎才女貌正该合演一出戏。

金榜的束脩很少，只有名师的十分之一。这几个钱他都花在了穿戴上。每月回家，穿戴着长衫、礼帽、千层底鞋，很像财主秧子，纨绔子弟。手里拎着两瓶酒，一瓶孝敬他爹，一瓶送给常三褡裢，都是散打零买，不是原封本装。有时给蒲团大娘买两块绿豆糕，蒲团大娘看了个够才舍得咬一口。给荷包买一朵绒花或是一盒脂粉，荷包乐得合不上嘴，戴上花搽上粉忙照镜子，撩眉飞眼儿。

有一回傍晚，他从塾房回来，刘二皇叔和常三褡裢到河边打鱼，蒲团大娘到外村跳大神儿，常家只有荷包一人。两人坐在院里说话，夜气越来越凉，他俩便进了屋。荷包想点灯照亮，才想起已经几天没有灯油。天上挂着月亮，屋里便有月光，月色中说话也看得见眼神脸色。忽然，一片乌云掩月，屋里幽暗下来，金榜一把抓住了荷包的手，荷包不躲也不恼，哧地一笑，扎进了金榜的怀里。云遮月掠过夜空，荷包也破了身，两滴眼泪从眼角淌下来，握起拳头捶打金榜的胸脯。

有一便有二，接二连三，三番五次，夜夜相会。金榜每晚从塾房溜出来，又不敢回家，便在常家篱墙外，噘着嘴唇学布谷鸟叫："咕咕咕咕，光棍好苦！"荷包一听，便匆忙刷锅洗碗，拿起拢子梳了梳头，抻了抻衣角，出门跟金榜相会。有时在河滩柳棵子地，有时在青纱帐的地垄中，有时就在坟圈、树坑子。他们瞒得住粗心大意的常三褡裢，遮得过胸无邪念的刘二皇叔，却骗不了汗毛梢上都长眼的蒲团大娘，她不阻拦女儿跟金榜偷情幽会，只等火候一到才揭锅。等了一月又一月，女儿乳胀却不见腹高，她便不耐烦起来，请出走船的单老双当媒人，走进刘家保媒。

单老双的爹是常三褡裢的舅舅，常三褡裢是单老双的表哥。

刘二皇叔一向目中无人，却很看得起单老双。单老双三岁丧父，随娘改嫁，更名换姓。长到十几岁，脑瓜子开了窍，离开了老娘后爹，认祖归宗又改回姓单。在河上走船，挣下头一笔钱，就给他那孤坟野鬼的老爹买了一副孤女坟的骨殖，为他爹办了鬼婚。从这以后，挣下的钱都拿出一半孝敬老娘，只是不跟老娘见面，尽孝而不承欢。他孝敬老娘的钱粮，都交给表哥常三褡裢转手送上。老娘病死，他挂孝三年，却没有打幡送殡。他不愿与老娘跟后爹所生的子女为伍。

单老双手拎一只大肚酒葫芦，喜兴兴兴冲冲走进刘二皇叔的柴门。

刘二皇叔正在葡萄架下喝酒，下酒的荤腥都取自大河：干锅爆螃蟹，韭菜炒虾米，原汤炖鲫鱼，最爱吃的还是刚从小园摘下的生辣椒。辣椒下酒能出透臭汗，过堂风一吹全身清凉。

刘二皇叔招手叫单老双到桌边坐下，把酒碗送到他手里，两人你一口我一口，喝了一碗又一碗，各不相让。

刘二皇叔喝不过单老双，把酒碗倒扣在桌面上，笑骂道："老双，你送酒上门，是不是想丢把芝麻赚个西瓜？"

"我那表嫂叫我当月老儿，给你家金榜说个媳妇。"

"谁家的姑娘？"

"跟你门当户对。"

"千金小姐也不嫁给穷家小户。"

"那么你答应了？"

"我还不知道姑娘是谁家的哩！"

"门当户对你还想不出是谁家？"

刘二皇叔拍着后脑勺瞧了瞧地，翻了翻眼望了望天，说："我不想跟你转影壁。"

"远在天边，近在眼前呀！"单老双挤了挤眼睛，"还猜不中？"

刘二皇叔就像屁股下起了火，跳起身来瞪圆了眼睛，大叫着问道：“你是说蒲团嫂子那个丫头？”

在刘二皇叔眼里，荷包来路不正，算不得常三褡裢的女儿。

“荷包俏眉俊眼，心灵手巧，跟金榜可算是宝马配金鞍。”

“谁是宝马，哪个是金鞍？”刘二皇叔照地上啐了口唾沫，“金榜败家子，荷包是杂种儿，两人配成对，一个抱瓢，一个叫街，串村讨饭去吧！”

刘二皇叔是一条道走到黑的脾气，九牛二虎也拉不回头；单老双二话不说，拎起酒葫芦起身就走。

19

蒲团大娘一听刘二皇叔不赏脸，咬碎了满嘴糯米牙，爬上她家的屋顶，脸朝刘二皇叔的门口，一口气骂了三天。句句带刺，声声刺耳，却话里有话，不带脏字儿，气鼓了刘二皇叔的肚子，还只得忍气吞声。金榜想到常家串门，荷包放狗就咬，学布谷叫哑了嗓子，荷包也不出屋见他一面。

骂了三天口干舌焦，蒲团大娘还觉得没有出净这口怨气，匆匆忙忙招了个倒插门女婿，气一气刘家父子。

老年间，好男不当兵，好铁不打钉，好孩子不舍庙里，好汉子也不更名改姓倒插门。蒲团大娘急于求成，捡到筐里就是菜，她相中的这个女婿名叫侯耍儿。黄马褂儿在镇上有个骡马市，侯耍儿在这个骡马市上当牙行，嘴尖舌巧，油头滑脑。一桩买卖吃两头回扣，挣多少钱都全数送到宝局子。腰里一文不名，借钱四处碰壁，便兔子也吃窝边草，到亲友熟人那里坑骗。洞房之夜，他一见荷包早已破了身，转弯抹角掏荷包的嘴，荷包只得吐露实情，侯耍儿却并不气恼，嬉笑道："你不清白，我也不干净；牲口市的牙行，谁没玩过几头草驴骒马？"荷包气得抓起炕上的剪子，侯耍儿慌忙抱着脑瓜子滚下炕，一头栽到炕沿下的地盆子上。地盆子碎成几瓣，瓦碴扎烂脑壳像个地蛆咬过的癞瓜。他逃出了洞房，天一亮就找到金榜算账，说："我的娇妻你尝鲜，瓜田你开了园，原封酒你喝头一口，花骨朵儿你掐了尖。我到官府告你奸骗有夫之妇，不把你千刀万剐，也得叫你游街站笼，把那惹祸的根苗割一茬韭菜。"金榜心虚胆怯，急忙告饶，破财消灾。以后，每逢赌场失利，他都掏金榜的腰包。几年间，他就像叮在金榜皮肉上的虱子。有一回他赌红了眼，孤注一掷竟把荷包当筹码，翻牌亮宝盒，押的又是黑点，赢家限他三日之内交出荷包。侯耍儿回家不动声色，哄骗荷包跟他到镇上住几天，看几出江湖班的连台本戏。荷包是个心野的女人，从小就喜欢赶集逛庙，倚门靠壁跟过往行人说笑。她跟着侯耍儿到镇上，住在一家鸡毛小店里，接连三晚就看了野台子戏班的三出粉戏。扮演偷香窃玉角色的小生，正是那个赢家。第四天晚上，小生讨账来了，侯耍儿才声泪俱下，从实招供。荷包又羞又恼，羞恼交加便成了恨，她恨侯耍儿是个无耻小人；也喜爱那个小生唇红齿白粉脸儿，戏唱得令人动心，便含泪答应下来。野台子戏班在镇上唱了半个月，荷包跟那个小生住了十二天。戏班子转场换码头，荷包很想跟那个小生一起走，那个小生却不是多情种子，不辞而别溜之乎也。

荷包在这十二天里有了身孕，十个月后生下一个粉团似的小丫头。

小丫头一出娘胎哭得像唱娃娃腔，姥姥蒲团大娘给起名叫啭儿。

有了闺女盼儿子，荷包不许侯耍儿沾身，只得招野汉子。不过，那个小生叫她吃了亏，也算一朝被蛇咬，十年怕井绳。思前想后，挑来选去，还是金榜知人知面又知心。能跟金榜言归于好，生个儿子，刘、常两姓都后继有人。旧情复发，迫不及待，她整日坐立不安，一时半刻也不能待在家里。不是挎着柳篮到堤旁剜野菜，就是拿着一条麻绳一把镰刀到河边割草打青柴，为的是半路等候金榜从曹家大院回来，桑间陌上野合。

荷包守株待兔，没有不开张的油盐店。这一天傍晚，她在柳棵子地砍了几捆柳条子，不背回家，便在路边编筐。暮色苍茫中，满脸哭相的金榜，身背行李像扛枷，走一步叹口气，像一头被押送汤锅的懒驴。教书并不是铁杆庄稼，旱涝保收，金榜这一年就失了业，他的束脩早就变成了侯耍儿的赌资，只得空手而回。他已二十挂零儿，自幼四体不勤，回家撸锄杆子于心不甘，也力不胜任，每天只有看老爹的脸色，挨老爹的怒骂。心里犯怵，也就一步迈不出三寸。

荷包见他这副失魂落魄的模样儿，捂着嘴儿暗笑，悄悄闪进野蒿丛中，等金榜走过去，她突然蹿跳而出，像黄鼠狼抓鸡，扑到金榜背上，两手搂住金榜的脖子。金榜不堪重负，跌倒在地，仰面朝天，扔了行李，荷包岔开双腿骑在他的肚子上。

“你……你……”金榜又惊又怕。

“我不吃了你！”荷包在金榜的肚皮上颠着屁股，“冤家，我眼巴巴等你几天了。”

金榜神不守舍地问道：“你等我……有何贵干？”

“我等你给我烧窑。”荷包趴下身子，啃金榜的脸。

“你是有夫之妇呀！”

“我就没许他上过身。”

“女儿从何而来？”

“我梦里吃了大河上的天鹅蛋，醒来肚子一天比一天鼓。”荷包睁眼说瞎话，脸不变色心不跳。

“那你就多梦几回飞禽走兽，不就又有儿子了吗？”金榜紧盯着她的眼睛。

她眨了眨眼毛，咬着舌尖儿，摇头晃脑答道：“我梦见的飞禽走兽就是你。”

“我不敢……不敢……”

“想吃怕烫嘴？”

“怕你那男人敲我的竹杠，我替他还了几年赌债。”

“我把身子给你在先，他倒插门在后，你不亏他的理，该把他坑骗的钱财一分不少要回来。”

“荞麦皮榨不出油水。”

“他敲过你多少竹杠？”

“少说也有二三十笔。”

“那就连本带利，睡他的娘儿们三四十回。”

金榜觉得有理，两人便手牵着手，走进青纱帐的地垄深处。

金榜回到家，老爹正眼也不看他，头遍鸡叫就把他喊醒，空着肚子扛锄出门，蹚着露水耪地。太阳升起一竿子高，爷儿俩又饿着肚皮收工，他腰酸腿疼像被庖丁剔了骨，老爹却又像主子呼奴唤婢，大声吆喝他到灶上做早饭。一个教书先生，斯文扫地了。

只有跟荷包野合，才能消愁解闷，桑间陌上成了安乐窝儿。

谁想，跟荷包野合了八九回，荷包便不见人影。他心痒难熬，急得像热锅蚂蚁，半夜睡不着觉，围绕着常家的篱墙转磨，一遍又一遍学着布谷鸟叫："光棍好苦，光棍好苦！"声嘶力竭，有如杜鹃泣血。

常家土房西屋，吱扭一声开了后窗，荷包露出一张寒霜脸儿。

"荷包，想死我了！"金榜跑过去，张开双臂，想叫荷包从后窗爬出来，他把荷包抱走。

荷包却还他个冷水浇头，沉着脸一挥手，低声喝道："姑奶奶跟你一刀两断，不想见你了。"

"你说过……三四十回。"

"姑奶奶有了喜，用不着你了。"

"那也不能过河拆桥。"

"你不走，我还要卸磨杀驴哩！"说着，砰地一声，荷包把后窗关死。

金榜碰了一鼻子灰，又得不到老爹的好脸儿，耪地累吐了血，只觉得没有活路，便到河边找一棵歪脖儿河柳上吊。命不该死，单老双的女儿对子救了他的命。

20

河上人野，女儿对子一年比一年大，单老双早就想下船上岸，种地为生。可是，河滩上每闪过一块地，不等他插蒿围界，马上就姓了黄，落不了脚。后来，多亏刘二皇叔相助，他在岸边搭起一座窝棚，存放了女儿，自己也从大船上改行，租赁了一条小船打鱼。早出晚归，晌午啃几口冷饽饽。打鱼每年七九河开出船，大雪封河收船，那四个月他便在旱地上赶脚。怕女儿在他出外时被人勾引，常三褡裢虽是表兄，但是蒲团大娘和荷包都不守妇道，把女儿交给他们便会近墨者黑。想来想去，他就找刘二皇叔多照看几眼。刘二皇叔本来就把对子当亲侄女，满口答应。单老双十分放心，有时一去百八十里，当日不能返回，也不牵肠挂肚。

拈花惹草的金榜，也只把对子当小妹，不存邪念。

金榜在荷包那里讨了个没趣，恼羞成怒又急火攻心，吐了几口血，回家躺在炕上昏昏沉沉，天亮也不想起炕。刘二皇叔却没有看出儿子有了病，只当他偷懒耍赖，便吆喝叫骂着把他从炕上扯起来，逼他到河滩上打柴，前晌三大捆，过午只多不少。刘二皇叔像个解差，也扛锄紧随儿子身后出了柴门，黄马褂儿的下人正来传唤他到黄家大院，有要事相商。

“我从黄老庄头那里回来，你在河滩上不砍三捆青柴，我砸断你的腿，折断你的手！”刘二皇叔扔下恶言恶语，便跟着黄马褂儿的下人走了。

金榜磨磨蹭蹭来到河滩，挥起镰刀砍倒一簇野蒿，心头一热喷出了一口血，眼前一黑，一头栽倒。呻吟喘息了半晌，爬起身却又一阵天旋地转，腿一软瘫倒下来。他全身无力，万分委屈，怨恨老爹，怨恨荷包，便想起了死去多年的亲娘，呜呜哭个不止。哭着哭着，他看见面前一棵歪脖儿河柳，歪脖儿河柳上缠绕的野花藤萝像亲娘的笑脸儿，摇曳的柳枝像亲娘点手叫他到身边去。他喊了一声："娘，儿来啦！"把带来的那根绳子搭到树杈上，拴了个圈套，又搬来几块土坷垃垫脚。脖子伸进圈套里，双脚蹬开土坷垃，整个身子荡起了秋千。他气闷难忍，挣扎大叫："救……人！"便昏迷了过去。

醒转，迷乱的眼睛模糊看到一个满面泪水的女人，女人的热气和汗味像弥漫的瓜香呛鼻子。

"金榜哥，你活过来啦！"是对子的哭腔。对子的手掐他的人中，又给他擦汗抹泪，揉搓他的胸口。

一阵河风吹来，吹得他神清气爽，叫声："妹子！"哭得鼻涕一把眼泪一把。

对子一只胳臂抄起他的腰，把他半搂在怀里，柔声劝道："荷包是条毒蛇，你不娶她，她想报仇；你自个儿寻死，正解了她的恨。"

请将不如激将，金榜一阵冷笑，说："天下女人多得赛牛毛，我要找个一心不二的相好给她看看，气死她不偿命。"

对子胸脯起伏，胀开了小衫纽袢儿，露出半幅绣花兜肚，挤出的乳头像一颗大粒红豆。对子失声惊叫了出来："哎呀！"慌忙推开金榜，捂住胸口。

金榜搂紧对子不放，又哭又笑道："对子，有了你我还想活着。"

"我没有荷包长得俏，可比荷包会疼你。"对子也箍紧了金榜。

金榜把她按倒在乱草丛中，气喘着连声叫道："对子……妹子……"说着，便动手动脚。

"不能……你别……"对子哭了，还是顺从着他，"你……可得赶快……找媒人来呀！"

“我回家就跟老爹说明白。”金榜忽然打了个寒噤，“他叫我打三捆青柴，少一根一枝就打我个半死……”

“我替你砍！”对子抹平了衫子，拢了拢头发，拿起镰刀和麻绳，钻进野草蓬蒿中。

野草蓬蒿中刀光闪影，对子一边砍柴一边哼着小调，一会儿就砍倒一片，拢成一堆便是一捆。

她砍金榜背，背了一趟又一趟，五大捆青柴晾满屋顶和院落里。

金榜背回五捆以后，饥肠响如鼓，两眼冒金星，气虚头晕起来。正巧常三褡裢从门外路过，说：“金榜，你爹留在黄家大院喝酒，跟黄老庄头平起平坐。”金榜懒得自己动手洗菜做饭，便又踉踉跄跄返回河滩，到河边的窝棚找到对子，哭丧着脸儿道：“我爹在黄家大院七荤八素吃着，我到你门下讨个粗茶淡饭吧！”

“我也亏不了你肚子。”对子咯咯笑着，从缸底刮出半瓢白面，点火热锅烙饼，又倒光了麦秆儿篓子，六个鸡蛋炒了一大盘，还从角落里找出她爹的酒葫芦。金榜一口独吞，对子吃的是凉饽饽和野菜叶子蘸大酱。

酒足饭饱，金榜又跟对子起腻；对子不能扫他的兴，只得半推半就。

金榜直睡到太阳下山才醒，睁眼一看，长河落日圆，墟里上孤烟。他慌忙爬出窝棚，向河滩上跑去，腿软藤绊脚，跑不了几步就栽个跟头。

远远就看见河滩青草被砍秃了一大片，对子的镰刀就像秋风扫落叶，身后留下的青柴有人捆起背走，那是他的老爹。他怯生生走过去，连忙打捆，大气也不敢吭。

“你他妈的没当上财主，倒有人不挣钱给你扛长工！”刘二皇叔骂他一句，又向只见刀光不见人影的对子喊道，“闺女，住手吧！”

对子回头笑道：“我正张飞吐沫子，刚来劲儿！”她脸黑红，牙雪白。

“你给我招万人骂呀！”刘二皇叔笑道，“整个河滩背我家去，别人哪里砍柴烧？”

“谁叫他们手懒！”对子割个不停。

刘二皇叔吆喝儿子道：“你还不过去拦住她！”手掌一搡，金榜飞跑前去。

“别砍啦！”金榜扯住对子的胳臂，“骡马还得歇一歇，你怎就不知道累得慌？”他见对子砍个没够，便四脚八叉躺倒在对子面前的茂草上。

对子下不了刀，也就收了手，却又不想拾闲，抻过绳子捆柴。她的柴捆有金榜的柴捆三个大，背在身上大步流星紧跑。

刘二皇叔也背起一捆，金榜赶忙追上去给老爹换肩。

又过了两三个月，金榜病情一天天沉重，常三褡裢打酒给刘二皇叔浇愁。

刘二皇叔愁眉苦脸，长吁短叹，却只见遍体鳞伤的对子哭喊着跑进柴门，双膝跪倒在刘二皇叔面前，双手抱住刘二皇叔双腿，叫道：“大伯，救我！”

“谁敢欺你？”刘二皇叔问道。

“我要杀她这个贱坯子！”吼声中单老双手持鱼叉，追赶进来。

对子一声尖叫，跑进里屋。

“老双，你是喝醉了还是发疯？”常三褡裢一个箭步迎上去，张胳臂拦挡单老双。

单老双一膀子把常三褡裢撞了个趔趄。刘二皇叔这才亲自出面，一把抓住鱼叉子，喝道：“老双，你胆敢在我家撒野！”

“闪开！”老双两脚乱跺，“您惹恼了我，别怪我翻脸。”

“反了你！”刘二皇叔一个反腕子，夺过鱼叉，在膝盖上一磕，一折两断。

“我跟你拼啦！”单老双向刘二皇叔一头撞去。

“躺下！”刘二皇叔一个扫堂腿，把单老双平摆在地面，“你当爹又当娘，怎么凶神恶煞中了邪？”

屋里金榜躺在炕上，昏迷没有知觉，活像枯木朽株，对子坐在他的身边，一对一对的泪珠滴落在金榜灰暗的瘦脸上，金榜这才渐渐有了一点活气，翻了翻眼皮。

“我没脸见人啦！”单老双哭喊一声头碰地，“对子……不知给哪个采花淫贼破了身……还有了孽胎。”

“那个贼子是谁？”刘二皇叔两眼火苗子喷出三寸长，“我一刀一刀片了他！”

“打断了棍子，抽断了鞭子，对子那死丫头咬紧牙关一字不吐。”单老双恨得牙根子发痒，“我要问出了贼子，早把他剁成了肉泥烂酱。”

“爹……老双大伯，那个贼子，是……”窗里，金榜气喘吁吁站起身，“是我。”

刘二皇叔像遭到当头棒喝，一屁股坐在了冷灶锅台上，抱着头哼唧道："死罪呀死罪！"

单老双也惊呆了，一脸麻木。

常三褡裢却哈哈大笑道："恭喜恭喜，天作之合！该着我做个顺水人情，当个不磨鞋底儿不费唾沫的媒人。"

单老双转怒为喜，泪汪汪看着刘二皇叔的脸色，说："兄弟，我高攀了！一床锦被给我遮了羞。"

"哥哥，是我那畜生亏情欠理，怎敢说个不字？"刘二皇叔一改霸气，连连作揖拱手，"只是我那畜生一身是病，怕委屈了对子丫头。"

"那就赶快成亲！"常三褡裢反倒急不可耐，"入了洞房一冲喜，多大的病也化解了。"

刘二皇叔想了想，说："今天合婚，明天过帖，后天就办喜事。"

"免了俗套，不要那些过场！"常三褡裢乍乍呼呼，"今天忙出个万事齐备，明天太阳一露脸就娶亲。"

"我要雇八抬大轿，三班鼓乐，才显得刘家风光！"刘二皇叔又神气起来。

常三褡裢忙给刘二皇叔捧场，笑道："老双河边的窝棚不够场面，不如叫对子到我家住一天，在我家上轿。"

单老双吭吭哧哧地说："我也这么想，只是不敢张嘴。"

"怕我割舌头？"常三褡裢愣起眼。

"我怕……嫂子跟侄女腻歪。"

"敢！"

常三褡裢回到家一说，蒲团大娘没有二话，荷包却阴阳怪气不点头，说：“我跟对子亲得像一母所生，只是怕娶亲的锣鼓吓着我肚里的孩子。”

“侯耍儿半年没回家，你肚子大了是臌症？”常三褡裢被荷包惹得气恼，“我是这个家的灶王爷，一言为定不打退堂鼓。”

傍晚，对子被她爹送来，不等常三褡裢和蒲团大娘开口，荷包抢着把对子迎进自己屋，两个枕头一条炕，脸对着脸儿睡。一只手，在对子身上七上八下，突然摸到对子的鼓肚儿，失声低叫道：“原来你早已是他的人。”

对子只得实说真话：“仨月了。”

荷包掐指算了算，骂道：“这个淫贼！我本想救他一命，他偏自个儿作死，还要害你。”

“你想救他……”对子猜不出她的话是真是假。

“我这窑里也是他烧的砖。”荷包抻过对子的手，搁在自己肚皮上，“我见他气血两亏，才装狠跟他一刀两断，为的是逼他收心保命。谁想他只顾眼前快乐，找你淘空了身子。”

“荷包姐，金榜这条命还有救吗？”

“那你就跟他三年不同房，只怕你狠不了心，咬不住牙。”

“荷包姐，我发得了狠，咬得住牙关。”

21

六月六，黄道吉日，逢双遇整，金榜和对子拜了花堂。

金榜脸红得放光，只是眼窝子塌黑。他穿上从轿房租赁的长袍马褂，十字披红，礼帽上还插着两只花翎；对子穿的是大红上衣百褶裙，梳着水光溜滑的刘海圆髻，戴着凤冠霞帔。全身的行头，也是从轿房租来暂用一时。

北运河村庄有轿房和杠房，轿房办喜事，杠房办丧事。轿房不但备有花轿乐班，而且向穷门小户租赁喜日衣冠。杠房也是如此，不但备有棺罩杠具，而且租赁孝帽白袍子。

刘二皇叔掏光了拴在肋骨上的血汗钱，雇下八抬大轿和三班鼓乐，租用了上等成色的喜衣，还要大摆酒宴。酒宴虽不过是油炸豆腐、青菜豆皮、豆芽春卷、生拌豆角，也有满碗肥肉条子和肥肉块子，烧酒更是管够。娶个媳妇十年穷，他舍得出血。

花轿行街，绕了几个村。路过黄家大院，赶忙偃旗息鼓，怕被黄家拦路羞辱。花轿吹吹打打来到刘家柴门外，身穿礼服的金榜手挽雕弓，早已等候多时，装模作样射出三箭，压一压邪气，新人这才下轿。迈马鞍，跳火盆，为的是进门之后日子过得平平安安，红红火火。院里摆下八仙桌，地上铺了一块红毡，金榜和对子三跪九叩，双双拜过天地，便在鼓乐声中进入洞房。

看热闹的人挤歪了门框，磨破了门槛。荷包的肚子不像口锅也像个盆，很想进来看一看金榜是何光景。谁知刚到洞房门外，就被她娘断喝一声：“出去！”蒲团大娘铁面无私，严守门户。

“我跟两个新人不犯属相。”

“你肚子里有崽儿，犯小人。”

荷包不甘心，半夜三更偷出家门，到金榜和对子的后窗根下听声。

她踮起脚尖看见，红烛光里，金榜和对子坐在炕沿上，金榜搂着对子的腰，对子靠着金榜的肩。她的心里一阵一阵冒酸水，像灌下了两瓶子醋，吞下了一百零八颗山楂。

“天不早了，脱衣裳上炕钻被窝吧！”金榜说着便亲自动手，急不可耐吹熄了红烛。

荷包眼前一片漆黑，只听见黑暗中脱衣解带的窸窣声，炕上滚动的气喘声。金榜胡言乱语，对子连声呻吟。荷包听得又气又恨。金榜的这些脏话儿，过去在树坑、草丛、坟圈子和青纱帐的地垄里，一字不差地都跟她说过。她强压住妒火，手捂住嘴不出声，哭着回了家。

过了几个月，荷包生下一子，眉眼和神态就像金榜转世投胎。蒲团大娘喜气扑脸，满月那天小院里竟摆了十几桌。

万没想到，猜拳行令声中侯耍儿一头闯进了门，冲进里屋就要抱走炕上的小小子儿，扔下大河喂甲鱼，丢在河滩上喂野狗。荷包跟他争夺孩子，你推我搡狗扯羊皮。常三褡裢拿起禾杈要穿侯耍儿透心凉，才吓跑了他。

孩子受了惊吓，发烧又转抽疯。蒲团大娘烧香跳大神，使出浑身解数，也不见效。常三褡裢只得赶一头小毛驴，到外村接大夫。不想刚走不远，孩子便断了气。

却在此时，刘家院里，刘二皇叔站在门口吹喇叭，吹的是“得胜令”。对子产子，正是荷包丧子时。

一捆谷秸，把荷包的儿子捆成蒲包，常三褡裢夹到河边柳棵子地里刨坑深埋，免得被野狗扒吃，老鸹啄食。

荷包眼泪像下雨，奶汁比眼泪还多。刘二皇叔上门，找她给孙子吃开口奶。荷包到刘家一见对子的儿子，连叫：“儿呀，儿呀！这是我的儿。”原来，这个男孩跟她那个儿子就像先来后到双胞胎。只是她的儿子白净，这个孩子黝黑；同父异母，大同小异。

荷包一边给黑小子喂奶，一边心生毒计，想把黑小子据为己有。她瞪了躺在炕上的对子一眼，说：“这个黑小子，有我一半。”

对子面色蜡黄，苦笑了笑，说：“有奶就是娘，给你当干儿子吧！”

“吃着碗里，瞧着锅里，我还想要整个儿的。”

“把你那啭儿给他当媳妇，你又得着一半。”

玩笑之中，两个女人敲定了儿女的终身大事。

对子的儿子满月，刘二皇叔砸锅卖铁，挖东墙补西墙，借来驴打滚儿印子钱，还是摆下几十桌酒席，请齐了三亲六故和老友近邻，为的是人前显贵：祖孙三代不断根，天不灭刘。

常三褡裢一家人都来刘家道喜。

荷包牵着女儿啭儿，见到刘二皇叔，一按脑瓜叫女儿磕头，说：“二叔，受您孙媳妇一礼。”

刘二皇叔摸不着头脑，笑问道：“猴儿戴胡子，唱的是哪一出？”

荷包板着脸儿，脸挂一层霜，一字一板答道：“我跟对子早就说定了，啭儿给您的孙子当媳妇。”

“我的孙子长着一身唐僧肉，刚出满月就红线缠脚。”刘二皇叔笑过之后变了调，“荷包，你可知老言古语有句话，说的是好汉娶九妻，我的孙子八九不离十。”

“一槽拴不下两头草驴，九个媳妇还不闹得刘家天塌地陷？”

“一母生十子，我要的就是刘家人丁兴旺。”

“咱儿是正宫，后娶的都是狗肉上不了正席。”荷包不敢违背古例，却要在名份上争个高低。

“那也不能一句话说死。”刘二皇叔口气大得吹死牛，“说不定哪一天我的孙子考上秀才，中了举人，点了进士，难免有那皇亲国戚、当朝一品把我孙子招为门婿，人家金枝玉叶可不能当偏房。”

对子抱着儿子走出屋来，直到刘二皇叔眼前，笑道：“爷爷给孙子起个名儿吧！”

不等刘二皇叔开口，蒲团大娘争先恐后，咽下吞进口中的坛子肉，说：“这个小子是刘家的一条根，就叫留根儿。”

常三蓿薤不甘示弱，另有高见：“这个孩子一根汗毛金不换，该叫金苗儿。”

“爹，你们拿主意。”对子看看公爹刘二皇叔的脸色，又看看亲爹单老双的眼神。

“小名要贱，大名主贵。”刘二皇叔开口就有学问，“小子家淘气，七岁八岁狗都嫌，就叫狗嫌儿。”

“好！”单老双有头无脑，随声附和，“狗都不理，阎王判官的生死簿上就不落他的名，一辈子车行千里路，人马保平安。”

22

这天中午吃过饭，单对子坐在柳篱小院的葫芦架下，敞开怀给儿子狗嫌儿喂奶，前仰后合哼着催眠曲，她也瞌睡起来。这时，她的亲爹单老双骑着一匹大走驴，来到她家柴门外。大走驴的脖铃叮咚响，惊醒了打瞌睡的单对子，慌忙掩上胸襟睁开眼，见是她爹，站起身笑脸相迎。

“大热的天，怎不带着孩子到屋里歇晌？”单老双给大走驴绊上腿，放到河边吃青草。

“老爷子到河滩打青柴，我怎好意思躺在炕上睡觉？”单对子把狗嫌儿抱进屋去，从水缸里捞出一个湃了一夜的西瓜，抱出来给老爹解渴消暑。

“你公公自打抱上孙子，变成了老财迷，头顶火盆子砍一捆柴，能卖几个钱？”单老双嘴里挖苦亲家，自己也解开褡裢，倾囊倒出一堆铜板，“积少成多，我也得给外孙买二亩地，一辈子衣食不愁。”

“好女不穿陪嫁衣，好男不吃分家饭，狗嫌儿得靠自个儿的文武双全打天下。”单对子把切得的西瓜端到老爹面前，“热得下火，您大老远的跑来，难道光是为了看外孙子？”

“儿呀，还记得你的申二叔吗？”

“我怎么忘得了那个申二毛子，他前前后后讹诈了您多少血汗钱？”

早年，单老双、刘二皇叔和申二毛子曾是一条运货大船上的伙友。单老双拉纤，刘二皇叔保镖，申二毛子油腔滑调，花言巧语，当了个前站。二百八十里大河，二十四座渡口码头，申二毛子一溜小跑，走在大船前头。遇有阻碍和刁难，申二毛子要摇唇鼓舌，化险为夷，大船一路畅通无阻，不能半途抛锚。

日久天长三人抱团，有一回船过杨柳青镇，买了一张桃园三结义的年画，挂在船桅上磕响头，照猫画虎学习刘、关、张，焚香歃血为盟，拜了把兄弟。

苏家洼子有个半大不小的财主，女儿跟亲堂兄偷情怀了孕，家丑不能暴露，便利诱申二毛子顶名遮羞。申二毛子屎盆子扣在头上还觉得占了个大便宜，刘二皇叔骂他是啃骨头的狗。他跟那个财主女儿拜了堂，也就弃舟登了岸。然而，那个财主女儿不但不跟他一条炕上睡，而且不在一张桌上吃。他虽然不给运货大船打前站，却要给财主女儿打长工。有他当掩体，财主女儿跟亲堂兄明来暗往无所顾忌，近亲繁殖，两男一女，三个傻子。申二毛子一年三百六十五天看老婆的白眼，只有向把兄弟哭脸乞怜。刘二皇叔铁石心肠，见面就骂他贪财不要脸；单老双却是心软如绵，常为他一洒同情之泪。过了几年，财主女儿的亲堂兄寒冬黑夜到外村的宝局子聚赌，半路途中遭到仇家暗害。财主女儿已比徐娘老，这才将申二毛子收了房。申二毛子一阔脸变，跟刘二皇叔更不照面，却在单老双身上荞麦皮里榨油。在申二毛子上岸之后不久，刘二皇叔和单老双也离开水路，刘二皇叔在河滩开荒种地，单老双当了脚夫，租一头走驴要二八分账。申二毛子有一头馋、懒、猾、踢、咬的大叫驴，驾不了车也拉不了套，他便找到单老双，三七开租赁。单老双调教了一个月，从头到脚留下数不清踢咬的伤疤。大叫驴出科一上路，跑得快而又稳，虽不是日行千里夜走八百，一口气也能跑下二三百里。申二毛子一见驴已成材，便言而无信，翻脸变了卦，三七变二八。大叫驴跑了十年路，老得抬不起蹄，申二毛子又心生一计，死活要把老驴卖给单老双，不要现钱，只立个驴打滚儿的文书。单老双买下不到一个月，这一日驮着个小脚老太太，带着两篮子鸡蛋，看望坐月子的女儿。老驴跑出八九十来步，脚下一软跌了个前栽，小脚老太太满嘴牙齿被摔得一颗不剩，两篮子鸡蛋没一个不碎。老驴呜呼哀哉，心脏停止了跳动，送到汤锅不够赔两篮子鸡蛋的钱。单老双不但要给小脚老太太治伤，申二毛子的印子钱每月不能少交一文。所以，单老双虽无怨言，单对子却恨之入骨。

单老双满脸喜滋滋神色，笑眯眯道："丫头，申二毛子打算本利一笔勾销啦！"

"真的？"单对子一撇嘴，"黄鼠狼给鸡拜年，申二毛子无利不早起。"

"只叫我找你，帮他个小忙……"

"哼！他倒栽葱掉进井里，我眼瞧着他淹死。"

"只要你点个头，不费吹灰之力。"

"说吧！"

"二毛子想给他那个傻儿子娶个媳妇。"

"找我当媒人？我不作这个孽。"

"媒人我来当，阴曹地府割我的舌头。"

"谁家的闺女？"

"河西务那个炸油饼的孙大裤裆，他有个女儿叫小倮子……"

"孙大裤裆的油饼，不是缺斤就是短两，跟申二毛子真是天生一对。"

"他俩的儿女配成夫妻，也可算是地造一双。"

"我不认得孙小倮子，想帮忙也插不上手呀！"

"孙小倮子从小站街面，脸皮三寸厚，她要当面相亲……"

"我女扮男装，也是猪鼻子插大葱，装得不像。"

"不必你亲自出马，只叫金榜替你上阵。"

单对子是个孝女，土命人心实，又是一条不拐弯的直肠子。她刚要摇头不答应，一想到老爹背了二十年的阎王债，只要她点一下头就卸下千斤的磨盘，哪怕万般委屈也能忍受。

“那就叫金榜给孙小倮子看一看，解一解眼馋。”单对子装出轻松愉快的口气，“您那女婿，就像野台子戏里唱的：‘潘安般貌，子建般才’，馋死那个骚丫头。”

单老双淌下满脸老泪，差一点儿趴地三叩头。

女儿点了头，单老双的心放进肚子里，转身走出柴门，到河滩上寻找刘二皇叔。刘二皇叔是河中一条龙，河滩上一只虎。是个粗犷、剽悍、暴躁的鞑子脾气，却又一百二十分恪守陈规祖制：非礼勿行，非礼勿言，非礼勿视。他的武艺膂力打遍河滩三村无敌手，却没见过他跟谁拔拳飞脚，拿刀动杖。越是软弱无能之辈，他越要忍让十分。所以，窝囊胆小的单老双，反倒是他最不肯伤损一根汗毛的人。

毒热火辣的大晌午，人高马大的刘二皇叔赤身露体，只系一条撑船船夫的紫花布围腰，挥动加大尺码的月牙儿镰刀，齐胸高的青柴迎刃而倒，一砍一大片。在他身后，紧跟着一个头戴柳圈光着膀子的女人，亦步亦趋，形影不离。那是寡妇张团圆。

单老双服气刘二皇叔上拳下脚能敌九牛二虎，可又瞧不起他爱上哪个娘儿们便像个软棉花胎子。他怕金榜的亲娘，还算关起门怜香惜玉。姘上刚死了男人的张团圆，比跟金榜的亲娘更低三下四。张团圆单日子她到刘二皇叔家住，双日子刘二皇叔住到她家。虽没婚嫁，胜似夫妻。刘二皇叔一肩双担，吃苦受累心甘情愿。张团圆也对得起刘二皇叔，她疼爱刘二皇叔的儿子金榜，比金榜的亲娘还护犊子。刘二皇叔敢捅金榜一指头，她就跟刘二皇叔闹个天塌地陷，你死我活。不过，张团圆也懂得适可而止，不失分寸，从没想当刘二皇叔的填房。刘家家规，家门不进二婚之女，坟地不埋再嫁之妇。其实，刘备称帝册封的吴皇后，本是刘璋的儿媳，自己的侄媳妇。只是张团圆目不识丁，没有考据癖，不知刘家祖先的锅底更黑。不然，张团圆会自个儿作媒雇花轿，大摇大摆直入刘家为主妇，或是把刘二皇叔扯到自家做个倒插门女婿。

单老双跟张团圆的婆家是远亲，拐弯抹角还得管张团圆叫嫂子。张团圆三十六，单老双四十五，张团圆却爱摆老嫂子的架子，指着鼻子叫小名儿。

刘二皇叔打柴一心不二用，刀光寒影，大步流星，一马当先。张团圆虽然脸皮起茧，却仍常感心虚，左顾右盼，东瞧西看，一眼就瞄见牵着大走驴的单老双。

“双儿，过来！”张团圆的豆荚眼眨动长睫毛，老嫂子口气像呼喝三尺儿童。

单老双一听老嫂子口气就窝火，一见张团圆那一对金葫芦甜瓜大奶子就眼晕。北运河乡俗，能在小叔子腿上坐，不在大伯子面前过，单老双却不想趁机大饱眼福。

“你穿上褂子，我就过去！”单老双像吃了枪药，张口火气喷人。

“我是你嫂子！”张团圆笑嘻嘻抚弄自己那一对金葫芦甜瓜大奶子。“老嫂比母，小叔似儿，只可惜没有奶水给你吃。”

“你他妈的是我弟妹！”单老双闭上眼睛瞎骂，“当年你不守妇道招野汉子，你男人没死我管不着，眼下你跟了鞑子（刘二皇叔奶名），我就要把你管出个三从四德才罢休。”

“老双哥言之有理！”刘二皇叔停住镰刀站住脚，“团圆，你就穿上褂子，多多少少守点规矩，也算给我脸上贴金。”

“在家从父，出嫁从夫，夫死从子。”张团圆穿起了褂子还嘴硬，“双儿，我的男人死了要听你的话，你算我的什么东西？”说着，收拢青柴，打成捆背回家。

“弟妹，我怎忍心看你当驴呀！”单老双也会耍两句贫嘴，“我这头大走驴，能顶十八头草（母）驴儿。”

“鞑子，你给我掌他的嘴！”张团圆凶神恶气，咬牙切齿。

刘二皇叔却满面带笑走过来，问道：“大哥头顶着火盆子到河滩，是不是赶脚路上有难关，找我替你大破天门阵？”

单老双抓着头皮，嘿嘿笑道：“费不了你那么大力气，只要你点个头。”

“大哥说吧！你开口我哪一回摇过头？”

“我想借你儿子金榜用一用。”

“他也是你的半子，不必问我，你随便使唤他。”

“水大漫不过船。我叫他给申二毛子打个短工，还得你一锤定音。”

“申二毛子出多少血？”

“免了我那十几年的驴打滚儿。”

刘二皇叔心中生疑，又说不出口，便推到儿媳身上，问道：“对子乐意不乐意？”自从单对子给刘家生下狗嫌儿，刘二皇叔恨不能把儿媳供在佛龛里。

“从我身上卸下高利贷，好比给白娘子推倒雷峰塔，对子怎会不答应？”单老双还会兵不厌诈，叹了口气，“只是没有你的圣旨，她不敢吐口。”

“多孝顺的闺女，比我那亲生儿子强得多。”刘二皇叔感动得眼里噙着泪花，“从狗嫌儿落生那一天起，我就叫对子当家做主了。”

23

金榜在老庄户教私塾，文墨书生多文弱，毫无他爹那一身弯弓射大雕的风光。眉眼口齿音容笑貌，正像他那个在野台子戏里唱正旦的生母，鸭蛋脸儿一双水汪汪大眼睛，好几个草台班的戏篓子想收他为徒，学唱青衣花衫，都被刘二皇叔怒骂喊打，屁滚尿流而逃。

金榜不但反其爹之道而行之，孔孟之道他也走得歪歪斜斜。四书五经念着头疼，博览淫词艳曲津津有味，尤其贪看野台子戏里的才子佳人偷情幽会，焚香拜月，私订终身。他偷艺学戏，玩票取乐，粉墨登场，过了戏瘾，还跟几个唱小旦的坤角儿暗度私通。单对子伤心透顶，哭得七死八活。如果没有干娘张团圆前遮后挡，刘二皇叔定要打断他的双腿。不过，干娘也给他立下戒规，放了学立马回家，掌灯之后不许出门。一灯如豆，单对子灯下做针线，他借光看书，依傍在炕头，看守娘娘庙。

单对子生得五大三粗，比金榜膀阔腰圆，动手打架，金榜每战必败。这也是刘二皇叔用心良苦，矫枉过正。母大儿肥，母弱儿瘦。所以，刘二皇叔看中了单对子的膘肥腿壮，断定能给他生个豹头环眼又才高八斗的孙子，使刘家从幽谷迁于乔木，根深叶茂，本固枝荣。

吃过晚饭，刘二皇叔就到河滩看瓜。走出柴门到村口，张团圆早已等得起急，纵身扒住他的肩膀，趴在他的脊背，像骑一头牤牛，钻过青纱帐，爬上白沙丘，穿过柳棵子地，来到瓜园窝棚里。睡到五更鸡叫，睁开眼睛又把张团圆背回村口，看她沿着篱墙阴影回家。两人掩耳盗铃，还以为神不知鬼不觉。

公公一走，单对子关紧柴门，就脱下衣裤撒了野，顶多扯一条围腰遮羞。反倒是孔孟之徒的金榜，多热也要穿着汗褟儿不赤膊，下身更不可无所掩饰。柳下惠和盗跖是亲兄弟，金榜是个盗跖扮成的柳下惠。

金榜和单对子，结成夫妻又生了个人见人爱的儿子狗嫌儿。然而，金榜的内心却只把单对子当姐姐，不嫌弃，不冒犯，可也无话可说。单对子不怕金榜一言不发，就怕金榜不在她的身边。金榜只得躺在她的大腿上，吟哦诗词歌赋，单对子却又多嘴，随便插问、评点、批讲，驴唇不对马嘴，笑得金榜满炕打滚儿。单对子生得黑，李白的名字惹她嫉妒，李白字太白，更叫她窝火生气，不许金榜在她耳边说起这位诗仙（单对子管他叫醉鬼）。金榜想消愁解闷，便心生一计，给单对子大讲《聊斋》鬼狐传，吓得她吱呀乱叫取乐儿。

这天晚上，金榜正要开讲，单对子拦住他问道：“这些日子有没有拈花惹草？”

金榜高声叫屈，说：“三个月没看一回野台子戏，到哪儿招猫逗狗？”

“我打发你采一回花，你采不采？”

“此话令人费解。”

“明早上我爹赶驴来接你，叫你往东你不许奔西，叫你打狗你不许骂鸡。”

“没有咱家灶王爷的圣旨，我寸步也不敢行动。”

“我爹正是拿着咱爹的鸡毛当令箭。”

金榜心中暗乐，知道单对子嘴紧，也就只装得被蒙在鼓里，不想追问。夏夜酷热，为讨单对子欢心，金榜纠缠不休跟单对子亲热一回，直睡到天光大亮，单老双叫门，金榜才醒。

单对子亲手把金榜打扮得光头净脸唇红齿白，文墨书生公子风度，骑上老岳父的大走驴，一溜烟直奔河西务。单老双赶驴一溜小跑，气喘吁吁讲说此行目的，千叮咛万嘱咐：“儿呀，为了卸下爹身上的磨盘，你得假戏真作，成全了这桩亲事。”

“放心！”金榜在驴背上拍着胸脯，“野台子戏《诗文会》《赚文娟》……都演的是这类故事，我早已精通此道……”

他慌忙挽住舌头，没有走嘴。《诗文会》和《赚文娟》，演的都是冒名相亲，最后弄假成真。

河西务是北运河的大码头，武清县衙门的驻在地，元明清三代修得壁垒森严，俗称铁瓮城。

孙家馃子铺，百年老字号，不在铁瓮城内，而在北运河边。当年，南来北往的大船，上下往返如穿梭，纤夫和船夫多得像过江之鲫。饿瘪了肚子的纤夫，腹内空空的船夫，一见孙家馃子铺便胃响如鼓肠搓成绳，嘴角馋涎三尺三。孙家馃子分为大中小三类，大馃子一斤，中馃子半斤，小馃子二两，炸得不老不嫩，焦黄香脆，可以夹酱肉吃，也可以夹大葱吃，白嘴吃更是越吃越香吃不够。纤夫路过此地，饥肠辘辘，把纤绳交给伙友，跑到孙家馃子铺，扔下两个铜板，拿起一张大馃子，一边顶风拉纤一边大口吞咽。船夫比纤夫挣钱多，大馃子裹酱肉。买中馃子的多是过往行商，单老双就是其中之一。他赶脚到河西务，在路边柳下歇息，把大走驴拴在柳腰上，割来一大抱青草喂驴，自己到孙家馃子铺买三张中馃子，回到柳下跟大走驴共进午餐。他只吃馃子不买酱肉，酱肉花钱多，他的钱舍不得从肋骨上摘下来，积少成多留给外孙子狗嫌儿受用。

金榜自小娇贵，他爹虽是大河走船的镖头，常年外出跑码头闯江湖，却不许他离家半步，至今还没有到过河西务。所以，远远一望这座久闻大名的铁瓮城，不免大失所望。自从有了京津公路，北运河航运大大衰落下来，河西务失掉了地利，也就一年比一年破陋，后来连县衙门都嫌贫爱富，迁往京津公路重镇杨村去了。金榜所见今日河西务的景象，就像一名人老珠黄的弃妇。城墙已是断壁残垣，正像弃妇满脸皱纹，缺牙漏齿，不堪入目矣。

“儿呀，眼看就到孙家馃子铺了。”单老双又心神不安起来，“一到孙家馃子铺，你可就不叫刘金榜，改姓了申，申二毛子的儿子叫傻柱儿。”

金榜故意戏耍老岳父，说：“我们刘家是天下汉族第一贵姓，更名改姓有辱先人。我怕高祖刘邦显圣，拿他的斩蛇三尺剑，砍下我的脑瓜子。”

“儿呀，不看僧面看佛面，念在对子跟你的情分上，你就受这一回委屈吧！”单老双急得要哭。

一听“对子”二字，金榜不敢放肆，说：“好吧！我就更名改姓叫申芝祖。”

“这个名儿怎讲？”

“我是申二毛子的祖宗。”

“应该，应该。”

说话间，绿树掩映的孙家馃子铺隐约可见，高挂绿树梢头的布幌，南风中向他们招手。

“爹，我跟您请教，孙大裤裆这个‘雅’号，有何来历？”金榜在驴背上问道。

“他从小就得了个小肠疝气，气卵子有猪尿泡大，裤裆怎能不肥？”单老双呵呵憨笑道，“小时偷西瓜，他的裤裆能装仨俩的。”

金榜哈哈大笑，又问道：“他的女儿叫小馃子，是何含意？”

“小馃子占齐了色、香、味，好吃最抓主儿，价钱贵得多。”单老双伸手一指前面，“你看，那就是孙小馃子。”

挂幌子的绿树下，站立着一个穿红袄儿的少女，金榜忍不住两眼放光。

24

孙小馃子生得黑翠，并不俊俏，却天生一股狐媚子气，令人着迷。传说，一年仲夏之夜，屋中闷热像笼屉，她娘光着身子到绿树下睡觉，身下一张苇席，身上一块紫花褥单。半夜三更，屋里的孙大裤裆忽听绿树下的女人一声惊叫，他下炕光脚开门，女人已经无影无踪。孙大裤裆跑到停泊河边的大船上，喊人寻找抢救。老客中有个扛火枪的猎户，跟着他沿河呼喊搜寻。找到一片坟地，听见有个女人呻吟不止，两人拨开柳棵子走过去，一个黑影蹿出乱草蓬蒿飞逃。猎户抬起火枪，砰！惨叫一声。过去一看，原来是一只黑毛公狐狸，已被击毙。

女人被孙大裤裆背回家，不久就怀了孕，有猎户亲眼得见，村人都说是狐狸下种，女人也就不想说出真相。坐胎七个月早产，生下了尖嘴、削耳、圆眼儿、小鼻子的狐相女婴，便是孙小馃子。孙小馃子不但狐相，而且腋下有淡淡的狐臭味儿。

炸小馃子是孙大裤裆的一绝，每天不多不少只炸一百个，配上他另一绝的豆腐脑，算得上乡土美食中的佳品。绿树下摆长案，顾客坐在条凳上，一碗豆腐脑两个小馃子，赛过满汉全席。自从女儿抛头露面，掌灶跑堂，孙大裤裆接连调价，一小顶十大，吃主儿反而更多。

今日虽是相亲，孙大裤裆也舍不得歇业。只是孙小馃子心不在焉，常常跑到绿树下手搭凉棚张望，扔下顾客不管。

望眼欲穿，金榜光临。

孙小馃子眼儿瞟着金榜，嘴上却跟单老双过话："单大叔，东西南北，前后左右，您这是到哪一方发财？"

"狐狸精丫头片子，你跟我明知故问，我也给你胡说八道。"单老双心上一计，笑眯眯道："到人市做桩买卖人口生意。"

"卖谁？"

"申二毛子的儿子申……申……芝祖。"

"谁买？"

"二八的俏佳人。"

"此人难道是文状元武探花，有人愿花这个冤钱买他？"孙小馃子一边笑骂着，一边更加紧向金榜飞眼。

“虽说是在状元之下，却又是在探花之上，金殿钦赐叫榜眼……”单老双怕言多语失溜了嘴，慌忙给舌头挽了个疙瘩扣儿。

“状元是马，探花是驴，不上不下的榜眼就是骡子。”孙小馃子“哎呀”失声一叫，拍着巴掌笑起来，“嫁给骡子怎下崽，谁家闺女这么不开窍？”

金榜怕她说出更难入耳的村话，忙跳下驴背作了个大揖，满脸堆笑道：“学生申芝祖，不是金殿钦点榜眼。”

孙小馃子深盯了金榜一眼，突然双手捂脸急转身，叫了声：“羞死人！”跑进孙家馃子铺，关上门从窗口偷看。

这时，孙大裤裆穿着围裙走过来，像个牲口市的牙行经纪，问金榜道：“申公子，您中意不中意？”

金榜刚才只顾旁听孙小馃子的伶牙俐齿，忽视了饱餐孙小馃子的姿容秀色，也就还想再见一面，便说：“刚才相中了令爱的口才，还得过一过目，看上了容貌才一言为定。”

孙大裤裆赶忙兜揽生意，说：“你要两个小馃子一碗豆腐脑，我叫女儿给你送来，你头上脚下看个周全。”

金榜连连点头，说：“那就有劳了。”

孙大裤裆还想多赚一份钱，又问单老双道：“老双兄弟，你不想换换口味？”

单老双一钱如命，连连摇头，说：“我还是外甥打灯笼，照舅（旧）吧！”说着，他买了一张一斤的大饼子，跟正在大嚼青草的走驴作伴去了。

金榜坐在长案旁，东张西望看风景，忽然一阵香风吹来，只见孙小馃子搽胭脂抹粉出了场。腰间系上一条花围裙，更显得腰儿细胸脯子高。她右手叉腰，左手托着红漆盘来到金榜面前，把茶壶安放在长案上，笑吟吟道：“榜眼申公子，请用茶。”

金榜手指敲着桌面，乜斜眼睛，说：“没船又无桥，叫我怎过河？”

“你这可是桌子下要骨头，上不了台面吃肥肉。”孙小馃子撇着嘴儿，咯咯笑道：“喝茶有三等，头等用小壶，二等用茶盅，三等才使大碗，那就差不多是饮驴了。”

金榜见她笑得奶子颤动，十分赏心悦目，也就并不生气，说：“你早就封我上不上下不下，给我拿两只茶盅来吧！”

“稍等。”孙小馃子飘然而去。

眨眼之间，孙小馃子去而复返，一溜香风。

金榜已经捧起小茶壶啜饮，说：“三人行必有吾师焉，闻过则喜，见贤思齐，多谢你的指教。”

“姓申的小子，你敢耍笑姑奶奶！”孙小馃子变了脸，张手就打。

金榜趁机抓住孙小馃子手腕，顺手一扯把孙小馃子带进怀抱，咬着耳朵说：“姑奶奶，我跟你相见恨晚，打定主意结为百年之好。”

“从十三岁帮我爹卖馃子，甜言蜜语我听多了，没一个下色鬼讨着丁丁点点儿便宜！”孙小馃子满脸下霜，从金榜怀抱中挣脱出来，“你敢跟我动手动脚，小心我拔下簪子扎瞎你的眼。”

金榜涎着脸儿嬉笑道：“一会儿我跟你爹讲定这桩婚姻买卖，十天半个月打发花轿把你抬进我家，入了洞房还得宽衣解带、颠鸾倒凤哩！”

两人你调情我挑逗，越说越像蜜里拌糖，难免你拧我一下我捏你一把，这就不能不引起众多吃馃子顾客的侧目而视。孙大裤裆连声咳嗽，也不能把他们唤醒，就端起两个小馃子一碗豆腐脑送过来，说：“申公子，趁热快吃。”又给女儿挤眼努嘴，叫她离去。

“公子，一会儿见。”孙小馃子一边转身一边向金榜连丢眼色。

“不见不散。”金榜目光送走孙小馃子，又满脸正色问孙大裤裆，“我申芝祖看上了令爱，彩礼多少，言无二价。”

孙大裤裆笑歪了嘴，说：“公子放心，我只要个不赔不赚。”

“讲价找媒人！”金榜挥手把孙大裤裆打发走。

他稀里呼噜吃完小馃子喝光豆腐脑，猪八戒吞人参果，全不知滋味好坏，便匆匆离开座位，沿着河岸走向草茂柳深的河一湾。这是孙大裤裆来到之前，孙小馃子跟他约定的幽会之处。

河水清凉润口，金榜嚼三口野花，又蹲在河边漱了八遍，只觉得满嘴留香，才算满意，静候孙小馃子大驾光临。

为免得久候生急，也为卖弄他的满腹文才，便抱膝长吟咏叹河西务的诗句：

驿路通畿甸，
敖仓俯漕河。
燕蓟舟车会，
江淮贡赋多。
碧迎堤上柳，
青锁渡头烟。

莺语声犹涩，
燕呢孙姬唤。

古人诗句成百上千，金榜又会仿古乱真，竟将孙小馃子也入了诗。

“嘻嘻，你吐净了墨汁能染黑了河！”背后，孙小馃子一声浪笑，飞身扑倒金榜滚起来，越滚越远，不知去向。

孙小馃子擅离职守，孙大裤裆抓单老双补缺，不到中午便把馃子豆腐脑卖个精光。亲兄弟明算账，先君子后小人，两人盘膝大坐在绿树下，开始为孙小馃子的彩礼多少讨价还价。受人之托忠人之事，一个小钱单老双都要争个面红耳赤。气得孙大裤裆连摔三个茶碗，嘶哑叫道：“人家申公子有话，只要我开口就说一不二，你为什么放着河水不洗船？”缺心少肺的单老双像被喊醒，心中暗暗佩服女婿真会借刀割肉。申二毛子为富不仁，此时不割更待何时，也就不为申二毛子锱铢必较了。

夕阳西下，双方完成了交易。单老双最怕女儿为金榜牵肠挂肚，急着回家。驴鸣不已，牲灵也思归心切。

找遍孙家馃子铺前后左右，不见金榜影子。大走驴又感到腹内空空，躁动不安，单老双给它绊上腿，屁股上拍一巴掌，河滩上吃草。

茂草深处，金榜和孙小馃子已经先斩后奏，云收雨散。孙小馃子缠绕金榜身上，三行鼻涕二串泪，哭道：“你坏了我的身子，日后敢冷落了我，我就包公衙前告你的状。”金榜心中叫苦，一听大走驴阵阵长鸣，便想及早脱身，说：“子曰：‘言必信，行必果。’我是圣人门徒，不会食言自肥。”孙小馃子仍不放他走，抓起他的衣裤顺风一扔，像两只断线的风筝，中了箭的野鸭大雁，飘落在柳棵子枝头。

单老双寻踪而至，目瞪口呆如白日见鬼。

25

单老双一怒之下跨上大走驴，扔下金榜独自踏上归途，孙小倮子把金榜扣留到月上柳梢头才放生。

从河西务到刘家锅伙，骑驴二十八，坐船三十六。金榜无驴可骑，只有到河边坐等搭船。他搭上一只打鱼小舟，逆水而上回到刘家锅伙，已经是夜半梆声到客船了。心中有鬼，他不敢月光之下走大路，只能曲背躬腰像爬行，沿着路边柳影蹭回自家柳篱小院。

柴门外，拴着单老双的大走驴，呼哧呼哧喘气。

“爹，您不把金榜找回来，我就当面死给您看！”屋里，单对子疯了似的哭闹。

“爹歇一歇腿，喝口水就上路。”单老双低声下气，“二十八里旱路，我找了两个来回，怎么就……怎么就……”他想说“活不见人，死不见尸”，又怕惹火了女儿，咬住舌头咽了回去。

“他挨了您的骂，也许心眼一窄，跳井寻了死。”

“我倒怕他跟着孙小倮子那个骚丫头，远走高飞奔他乡了。”

“给我把金榜找回来！”发了狂的单对子把她爹推搡出屋，“找不回金榜别来见我！”

金榜猜想单对子已急得心如汤煮，很想三步两步进门，眼看单对子一块石头落了地。可是转念一想，单对子脾气拐孤，性情倔犟，过去他跟野台子戏小旦偷香窃玉，单对子一不吵二不骂，也不寻死觅活，只是阴沉着脸像满天乌云，十天半月不放晴，半月三十天不过一句话，他怕见这张脸。回转河西务，孙小倮子石榴裙下藏身，又有失男子汉大丈夫的脸面，也不忍更伤单对子的心。颠来倒去转脑筋，忽然眼前一亮，想起有一条黑道可走。

这两年金榜结交三教九流五行八作，也认识几个绿林中人。他教书的私塾简陋破旧，夏天漏雨冬天透风，学生家长合伙修房，停学几天，他正可猫到绿林暂避几日。想定，他又悄悄离开刘家锅伙，到一个名叫鬼门关的强人啸聚之地躲藏起来。

单老双寻找金榜，不但找遍了水旱两路，而且连沿途的土井都搜寻了一遍，毫无金榜踪迹。败兴而归，不敢面见女儿，怕女儿悲、伤、急、气寻短见。他也不敢找刘二皇叔，自觉理亏嘴短。看来上下都能说话的只有张团圆，他不得不向这个不守妇道的女人摧眉折腰，低一头矮三寸说软话儿。

张团圆家住村边，寡妇门前是非多，单老双从没到她家串过门。张团圆跟刘二皇叔相好，虽然已经犯了淫戒而有违七出之条，却又很为刘二皇叔守身如玉。她只有三间茅檐低小的泥棚寒舍，四面围墙偏要五尺多高，墙头还插满二尺枣刺棵子。两扇院门紧闭，还有一个榆木檩条栅栏护住院门，颇像目前高楼单元房的防盗门。

单老双在门外拴了驴，为了消灾解困，不得不礼下于人，轻声柔气叫门，管那个不守妇道的张团圆一声一声叫嫂子。

门开，张团圆出现面前，白褂灰裤大圆髻，要想俏一身孝。清水脸一本正经，但是眼神满含春光，流动风情，瞒不过单老双那见多识广的目力。

单老双想进门去，张团圆冷气扑面：“有话门外说吧！”

“我怕外人偷听。”

“好话不背人，背人没好话。”

“鞑子来了你开门不开门？”

“你管得着吗？”砰！张团圆关死了门。

“嫂子！”单老双大声哀叫，“兄弟走投无路，才登门烧香拜佛，你不能见死不救，眼瞧着我一命归阴呀！”

“隔着门扇说吧，我听得真。”张团圆搬了个蒲团，在门后坐定。

单老双一五一十竹筒倒豆子，呜咽道：“我不该嘴臭骂金榜两句，就怕他羞愧心窄……”

“我早料到会唱这出戏！”门后的张团圆拍着巴掌笑个不住声，“孙小倮子是一条腥鱼，金榜是一只馋猫，你跟对子把腥鱼送到馋猫嘴边，这该怪谁？”

单老双照自己的脸上掴了两掌，连说：“我糊涂，糊涂！怪不得对子。”

“你呀，烂糟的木头雕不了花，牛粪堆墙抹不了白。”张团圆把孔夫子的骂人言语通俗化，“对子长的不是榆木脑壳，我能给她开窍，你得叫她认我当干姑姑。”

“本来就是干婆婆，打也打得，骂也骂得，当干姑姑反倒舍近求远了。”

“放屁！我把你这头老阉驴下汤锅。”

“鞑子耳边，你还得替我多多美言。”

“自从有了孙子狗嫌儿，鞑子压根儿就不把金榜放在心上。”

“团圆妹子，哥哥多谢你啦！你娘家没亲人，今后我就算你的娘家哥哥。”

张团圆心头一热，眼泪夺眶而出，开门想叫单老双进屋，管他一顿酒饭，单老双牵驴已经走远。

张团圆一出面，满天云雾散。又过了一日，鬼门关来了个小喽啰，替金榜给单对子捎话，说他要落草为寇，为了不给家里带来斩草除根的灭门之祸，对子应该带着狗嫌儿赶快背井离乡改嫁。

对子哭了个七死八活，小喽啰牵马要回鬼门关，她把狗嫌儿撇在炕上不管，抢过缰绳爬上马背，偏要鬼门关寻夫。

鬼门关夫妻相会，对子只怕金榜不跟她回家，哪里还敢抱怨丈夫？回到家对子又怕金榜犯驿马星，一不顺心就出走，在干姑姑张团圆的指点下，要当丈夫的贤妻，儿子的良母，越发不怨不争，百依百顺。刘二皇叔和单老双看见一对儿女亲亲热热，也就不想深究是非，赏罚分明。

孙小馃子跟申二毛子假儿子交换婚帖过了礼，择定了成亲的吉日。

刘二皇叔跟申二毛子已经割袍断义，划地绝交，不随份子。单老双虽是媒人，申二毛子换过了大红婚帖，便觉得单老双身份低下，花大钱请一位老秀才当大媒，单老双也就不必到场。

喜日，三班鼓乐，八抬大轿，把孙小馃子迎进申二毛子家。拜完天地，入洞房揭盖头，孙小馃子看见的是个丑八怪，尖叫一声跳出后窗逃走，一口气跑回孙家馃子铺。

孙大裤裆不是一盏省油灯，孙小馃子更是蒸不熟煮不烂的滚刀肉；父女俩指使他家狐朋狗友，从旱道上生擒了单老双，吊在孙家馃子铺外绿树下痛打，单老双熬刑不过只得供出金榜的冒名顶姓。孙大裤裆一听是刘二皇叔的儿子，喜出望外，哈哈大笑道：“鞑子是条好汉，孙某人也不孬种，我愿跟他攀亲家。”

吊在绿树下的单老双连连喊道：“大裤裆，我的女儿早当了鞑子的儿媳，你想插腿也没有立足之地。”

孙小倮子耳环叮咚响，哼着鼻子道：“我不管鞑子不鞑子，只要鞑子的儿子金榜。”

“金榜早娶了我的女儿呀！”

“休了你女儿，换我做填房。”

“我女儿给他生了个大小子。”

“换了我，一窝能给他下出五男二女。”

单老双连连告饶，声声悲切：“小倮子姑奶奶，宁拆十座庙，不破一门亲，您高抬贵手，法外开恩吧！”

“呸！”孙小倮子的一大口唾沫，整整儿啐在单老双的鼻梁上，“你带着自个儿的女婿晃花了姑奶奶的眼，诓骗我嫁给申二毛子的丑八怪傻儿子，毁坏了姑奶奶的终身大事，罪该五马分尸，大卸八块，千刀万剐。”

“丫头，留着你的丹田一口气，找鞑子打嘴架去！”孙大裤裆低声问女儿，“你是坐车，还是乘船？我看不如再坐一回花轿，大摇大摆抬进鞑子家。”

“不！”孙小倮子独出心裁，更高一招，“蓝棺罩，白棺帏，十二人抬，我要挺尸入门。”

众人大惊失色，丈二和尚摸不着头。

26

这天中午，刘二皇叔全家，在葫芦架下吃艾窝窝。难得的是刘二皇叔满脸喜气，孙子狗嫌儿在他身上爬来爬去，爬上爬下，抓挠他的痒痒肉，笑得他一个艾窝窝堵住了喉咙，憋出了面如重枣关公脸。

刘家的宗祠在大河西岸，刘二皇叔带着狗嫌儿在鬼节给祖宗进香。小小的狗嫌儿照猫画虎，学着爷爷的跪拜姿势，有板有眼给祖宗木主叩头。九十九岁的老家长笑眯了眼，赞不绝口："上天遣神童下界，此子为兴刘而来。"说着，从神龛上取下一只长命锁，挂在狗嫌儿脖子上。这时，有个本族晚辈，在京城做生意，回家歇伏，敬献老家长京华特有风味的艾窝窝两盒，老家长当众把一盒赏赐狗嫌儿。刘二皇叔就像领回皇帝的赐胙，不但全家聚餐，还把张团圆请来共享口福。

葫芦架下笑声阵阵，没听见阵阵丧乐来到门前。

毛蓝布棺罩，杏黄绦子镶边，罩顶绣着大朵白菊花，为了省钱只雇八人抬杠，杠架上不是棺材，而是秫秸编成的灵床。灵床铺一张土布单子，莲花枕上仰躺着孙小倮子，面盖糊窗户的白高粱纸。单老双被反绑双手，一团破布堵住嘴，一杆招魂幡插在背后；孙大裤裆骑在单老双的大走驴脊背上，一声高一声低喊嚷："鞑子，你坑害安善良民，哄骗良家妇女，我啐口吐沫淹死你！"

刘二皇叔听见了叫骂，满脸喜气一扫而光，脸沉得像一块铁板，双眉皱成个肉疙瘩。

单对子一看老爹蓬头垢面血淋淋，扑出柴门，掏出单老双嘴里的破布团子，哆嗦哭喊道："你们……你们是绑票的土匪！"单对子不会口吐脏字儿。

"姑奶奶就是要绑走你的男人！"灵床上骨碌爬起了孙小倮子，身穿新娘子的凤冠霞帔百褶彩裙，却又披头散发满身鬼气，"绑走刘金榜，跟姑奶奶成双配对入洞房。"

"更名改姓给我当倒插门女婿。"孙大裤裆给女儿帮腔，从驴背上滚下来。

孙小倮子嬉皮笑脸道："改了姓不必更名，就叫孙金榜吧！"

"你们这两个狗男女！"金榜跳脚回骂。

刘二皇叔黑着脸狠刺他一眼，金榜吓得噤声。好男不跟女斗，张团圆不等刘二皇叔吩咐，怒气冲冲走出柴门。

直到孙大裤裆面前，并不多费唇舌，一巴掌扇过去，孙大裤裆嘴角淌了血。

"妹子，妹子，君子动口……"孙大裤裆藏头裹脑，像条癞皮狗。

当年，一顿痛打，打得孙大裤档对刘二皇叔恨之入骨，却对张团圆畏之如虎，谈虎色变。所以张团圆一出场，他便怵三分，怯三分，怕三分，只剩一分胆量支撑他没有一头栽倒。

"妹子，你是过来人，可得一碗水端平。"孙大裤裆鼻涕眼泪淌满脸，"鞑子的儿子金榜，害得我女儿一朵香喷喷的茉莉花，插在一堆臭烘烘的狗屎上，恶心不恶心，委屈不委屈，难受不难受？"

孙大裤裆攻心为上，切中要害，张团圆的立场观点，套用现在而今眼目下的一句"潮"词儿：发生了大大的倾斜。

"我一不姓你的孙，二不姓金榜的刘，你们谁占理我脚踩谁那条船。”张团圆的口气，不偏不倚，不远不近。

“大姑，您老人家给侄女儿撑腰做主当靠山吧！”凤冠霞帔的“女尸”孙小倮子，滚下灵床跳下杠架，双膝跪倒在张团圆面前，“申二毛子的儿子，呆头傻脑，斜眼歪嘴，瘸一条腿，一只脚鹅掌翻，仨多俩少不识数儿。侄女儿我不算沉鱼落雁，也是闭月羞花，怎能跟这个猪不吃狗不啃的夯货过一辈子？恨只恨金榜心毒意狠，为他老丈人开脱阎王债，坑害良家女子，诓我跳火坑入虎口。活受罪不如死干脆，我今日吊死他家门口，他得给我顶丧驾灵，披麻戴孝！”

“可恨的是单老双这头该下汤锅的老阉驴！”张团圆偏向干儿子金榜，“倮子你划个道，下一步想怎么走？”

“退亲！”孙小倮子哭喊道，“叫金榜找申二毛子讨回婚书，我撕个粉碎，填进灶膛烧灰。”

“占理，应该。”张团圆回头吆喝刘二皇叔，“鞑子，申二毛子见你丢魂儿丧胆，你把婚书讨回来。”

“得令！”刘二皇叔自知理亏，正愿息事宁人，“申二毛子当上财主，奴欺奴累死牛，我正想剜出他的黑心喂狗。”

“鞑子，不必有劳大驾。我来了。”申二毛子像一堆篱笆根下狗尿苔，神出鬼没钻出来，“我早活腻了，伸长脖子找你砍头。”

说罢，扒下身上打了三块补丁的纺绸褂子（财主女儿的堂兄遗物），挂在了路旁酸枣树枝头，风一吹像一面招魂幡。然后，光着膀子倒地连滚带爬，像一条被打伤了的草头蛇，两眼通红冒鬼火。这个行动，江湖上叫滚车道沟子耍死狗。

女人胆小，不但单对子吓得扎进金榜怀里，孙小倮子闪到她爹背后，就连胆大如卵的张团圆也慌了神儿，不由自主倒退了一步两步又三步，只是不好意思当众抱住刘二皇叔的虎背熊腰。

申二毛子这一套虚张声势的小把戏，却瞒不过刘二皇叔那一双入木三分的火眼金睛。他冷笑一声："二毛子！有种。我成全你。"转身进屋，手提一口青瓦瓦蓝森森寒光冷气的鬼头刀走出来。

"鞑子，不可动刀！"嘴里掏出破布团子的单老双，扯着嗓子叫喊，"杀人偿命，一命换一命你可吃了大亏。"

"这条人蛆地癞，留着他腌臜一方水土。"刘二皇叔把申二毛子踢了个仰面朝天，一只脚踏着他的肚皮，"我砍你一刀偿命，剐你千刀也是偿命，那就一刀不砍千刀剐吧！"

"老双，拦住鞑子！"申二毛子像刺猬蜷缩一团，哆嗦不止。

单老双刚要跑上前来，刘二皇叔忙给他丢个眼色，单老双明白了这是假戏真做，也就装得火上浇油，说："前朝古代有个万剐凌迟，一千刀只怕剐不干净。"

"好你个帮虎吃食的小人单老双，我的驴打滚儿文书还没退给你哩！"被刘二皇叔踏在脚下的申二毛子，拼出吃奶的力气嘶叫。

听此话，单老双头上响了个炸雷，脸色惨白冲过去，架住刘二皇叔的胳膊劝道："申二毛子人品不如猪狗，大小也是一条性命。咱俩自幼在和尚庙里吃过斋饭，听过经文，还是慈悲为怀，免开杀戒吧！"说到此处，单老双自我感动，竟然老泪纵横。

"不看僧面看佛面，我就留他多活几年。"刘二皇叔脚下一用力，重如磨盘，申二毛子吐长了舌头翻白眼，"赶快把文书还给老双。"

"你……得……保住……这门……亲事……"申二毛子大口大口喘

气，一声一声干咳。

孙大裤裆跳上前来，急赤白脸叫道：“癞蛤蟆想吃天鹅肉，你甭打算一毛不拔！我不是傻驴单老双，随你牵着缰绳走。”

申二毛子听出弦外之音，这好比牲口市上买骡马，来言去语，公平交易。

漫天要价坐地还钱，申二毛子开口先压低价格，说：“大裤裆，我给你一头四岁口的大草驴，一年下一窝，一窝下俩驹儿，十年你就发了大财。”

“你妈才是草驴换来的贱货哩！”孙小倮子破口大骂她的公爹。

“那就再添一头大叫驴。”申二毛子不气不恼，“叫驴配种，忙时下地，闲时驮脚，三路给你们进财。”

“把大叫驴牵到你妈炕上去吧！”孙小倮子的脏话更呛鼻子。

申二毛子虽是无耻之徒，也被骂得火跳，说：“小娘儿们，你也不撒泡尿照一照自个儿，满身骚肉能不能卖出一头四岁口的草驴钱？”

“三亩旱涝保收的养老地！”突然，孙大裤裆干板垛字，闷雷一声脱口而出。

“大裤裆，你趁火打劫，杀富济贫呀！”申二毛子假装心疼喊道。

孙大裤裆乌龟咬人不撒嘴，说：“你别想七折八扣，我言无二价。”

“二亩……”

“少一垄我也不点头。”

申二毛子更装得抓耳挠腮，愁眉苦脸，心中却在窃笑。他临来之前，家里的母老虎有旨，最多肯出五亩河滩地。

刘二皇叔见他举棋不定，瞪起眼珠子大喝道："我看倮子姑娘换五亩都不算多，孙大裤裆才要三亩，真是眼窝子浅。"

"鞑子，你还是把我千刀万剐吧！"申二毛子干嚎无泪。

孙大裤裆能得旱涝保收的三亩养老地，已经心满意足，喜出望外，生怕刘二皇叔搅黄了这桩生意，落得个鸡飞蛋打，便黑起脸喝骂女儿："三从四德，在家从父，你可不能听外人挑唆！"

"我要学那关云长，屯土山约三事。"孙小倮子态度软下来。

申二毛子皮笑肉不笑说："曹孟德能答应关老爷，我就能答应你。"

孙小倮子嘴馋，说："我天天要吃香油白面。"

申二毛子哈哈大笑，说："闺女，咱家的长工才吃粗茶淡饭。"

孙小倮子自比天仙美女，说："我不跟你那傻儿子同房。"

申二毛子竟一口答应："那傻小子只比混屎虫多一挂下水，男欢女爱他不开窍。"

孙小倮子得陇望蜀，得寸进尺，又说："熬煎不过我得打野食儿。"

"呸，呸！"万分敏感的单对子啐骂起来，"破鞋，烂货，骚狐狸。"

"不许骂人揭短，打人抓脸！"张团圆脸涨通红，数落干儿媳妇。

申二毛子给孙小倮子深深作了个揖，说："闺女，你给咱申家留脸吧！"

孙小倮子冷笑道："那就多加二亩地。"

申二毛子舍脸不舍财，长吁短叹一声，说："依你依你，不守妇道就不守妇道吧！”

周瑜打黄盖，一个愿打，一个愿挨，外人只能袖手旁观，听其自便了。

二年后，教书先生金榜投奔绿林，当了土匪。有人说这是被孙小馃子逼得上不了天入不了地，才铤而走险，落荒出逃。又过了一年，金榜死在土匪窝。有人说，他是因为跟土匪头子的姘头通奸被杀。也有人说，他是暗中交上共产党的地下朋友，想把这支绿林武装改编成抗日游击队，被土匪头子发觉而遭杀害。一介寒儒，草芥小民，毫无深究价值，不配被加封为叛徒或变节分子。五十年后，他那位共产党地下朋友临终之前，留下书面遗言，赞美之词充满字里行间。几经推敲，无法确认。历史问题宜粗不宜细，不算烈士可算志士，无须享受任何级别待遇。

27

金榜被大财主黄马褂儿重金礼聘，到黄家大院教家馆。学生只有两人，一个是黄马褂儿的儿子黄坎肩儿，一个是黄马褂儿的女儿黄香粉儿。

黄马褂儿本是清王室三贝子府的皇粮庄头，大清一倒他就趁火打劫，买通民国的官府，只花了仨瓜俩枣一壶醋钱，就把三贝子府的田庄换了姓，摇身一变而成运河滩上的人王地主。然而，黄马褂儿满腹花花肠子，却是胸无点墨，难登大雅之堂。几回走动官府见贵人，上了台面不敢开口，开口就像蚂蚱打哈欠，满嘴的烂草泥臭气味。于是，他咬了咬牙横下一条心，一定要叫儿女识文断字，诗云子曰，每个汗毛眼儿都散发着浓郁的书香，这才想到把金榜迎进大院，给他的一儿一女肚子里灌墨水。

黄马褂儿一妻四妾只有三姨太太给他生了个儿子，还是合资而成的产品。有一年，三贝子下乡巡视田庄，夜晚读书要有红袖添香，黄马褂儿赶忙献上三姨太太服侍左右。三贝子乐不思蜀，留连忘返。不得不起驾回府，走后一月不足，半月有余，三姨太太整天吃青杏，喝老醋，吐酸水。三贝子出自醇亲王府旁支，堂堂正正的宣统小皇上的堂兄，留在三姨太太肚子里的也算上龙种。黄马褂儿不以为耻，反以为荣，儿子出生便取名黄金龙。爹叫黄马褂儿，马褂儿剪下两只袖子便成坎肩儿，坎肩儿就安装在这个龙种头上。但是，龙种虽然高贵，黄马褂儿每一想到不过是以假乱真，心里又像吞下一条大尾巴蛆，不免天天恶心，日日作呕。所以，女儿黄香粉儿，虽是小老婆养的丫头片子赔钱货，而且馋懒贪偷，谎话连篇，只因货真价实而被视如掌上明珠。黄坎肩儿已经念过几年书，三天打鱼，两天晒网，逃出学堂跑进赌场，纸牌、牌九、骰子、押宝，一看就懂，无师自通。这两年，逃学更多，赌场也不大常见，却在花船水妓房中眠香睡软。黄马褂儿不惜金银，只盼他学而优则仕，便请金榜对他进行强化加工，变废为宝。女子无才便是德，黄香粉儿本来不识一字。民国以来移风易俗，女子不裹脚，多少认识几个“赵钱孙李”“人之初，性本善”“天地玄黄，宇宙洪荒”，免得将来到达官显贵家走动当众出丑。

黄家大院，是三贝子府的假、冒、伪、劣的赝品，偷工减料，形似神非，东跨院有三间书阁，摆放几橱古书，悬挂几幅字画。黄马褂儿只在施工时走进来转一转，看两眼，此后就不曾大驾光临。

棺材改驴槽，书阁也就改成了家馆。

正面，一张花梨书案，一把紫檀太师椅，这是金榜的位置。对面，一前一后，两张紫檀课桌，两只花梨坐墩儿。前面坐的是黄坎肩儿，后面坐的是黄香粉儿，二黄之间白纱屏风相隔，这叫男女有别，垂帘读书，金榜看不见纱屏后黄香粉儿的真面，也就不能眉眼乱动，勾引挑逗。然而，人有失算，马有漏蹄，黄马褂儿深思熟虑却忘了自己那个宝贝女儿也长着眼睛，隔着纱屏看得见金榜的一动一静。

家馆开课没有多少日子，黄坎肩儿见异思迁，到通州潞河中学念洋书。黄马褂儿想把金榜解聘，黄香粉儿又哭又闹不答应。她在纱屏之后早对金榜一见倾心，每天见面还朝思暮想，一日不见更要如隔三秋。念书识字她并无多大兴趣，教她念书识字的先生却使她像听书入了迷，看戏上了瘾。爱女如此好学，黄马褂儿十分高兴，又怕男女脸对脸面对面而坐，日久天长难免产生私情，纱屏不攻自破。为防万一，他雇了个大脚老妈子，守卫黄香粉儿身边陪读。

这个大脚老妈子，二十七八岁，姓马叫黑桃，扁桃脸，高颧骨，淡眉如影，目光如刺，小鼻子薄嘴唇，红口白牙，令人望而生畏。她的花布衫里的两只奶子，又圆又大又硬实，像两只籽粒饱满的葫芦，涨满的奶水够喂五男二女七头牛犊儿。她出身低贱又嫁过两回，不必纱屏遮面。她坐在黄坎肩儿原来的位置上，面前不设纸、笔、墨、砚，两只圆溜溜亮晶晶的小圆眼睛，一会儿死盯着金榜，一会儿溜瞅着香粉儿。她是个走江湖跑码头的风尘女子，见过世面眼皮子杂，三瞧两看就识破金榜和香粉儿都心中有鬼。香粉儿春心已乱，金榜邪念萌生，只要她神不知鬼不觉穿针引线，黄家大院便有一出好戏看个饱。

香粉儿已有婆家。婆家以书香门第自居，不过是唬骗不识一字的老百姓。公公原是清末官府的刀笔吏，改成民国四方当讼棍，擅写诬良为盗的状子。黄马褂儿巧取豪夺三贝子的田庄，这个讼棍使出浑身解数，立下头功。两人臭味相投，磕头拜把子，并且指腹为婚结为亲家。香粉儿的未婚夫，在通州潞河中学念了二年洋书，他爹坑害安善良民所赚来的不义之财，被他花费过半，学得一口叽里咕噜外国话，却把祖传的中国话忘了个一干二净。潞河中学有个鱼塘，清塘深挖，挖出了一副骷髅架子，经过多方鉴定，十有八九是二十多年前那个生死下落不明的美国教员的尸骨。二十多年前，潞河中学的美国教员中有个怪人，留着八字胡和猪尾巴小辫儿，爱穿长袍马褂，摇泥金扇，闻鼻烟壶，走路一步三摇八字脚，开口闭嘴都是之乎者也矣焉哉，爱坐绿呢小轿，姘了个裹着三寸金莲小脚的妓女。一天，小脚妓女被蹂躏致死，裸尸于美国教员的床上，令人惨不忍睹，而那个美国教员却不知去向。查找、侦破、论证、推断，折腾了一年多，最后连美国教会也不得不认定，这个美国教员因恼恨小脚妓女背着他仍旧卖淫，暴怒之下将小脚妓女虐杀，畏罪潜逃。所以，二十多年后挖出的朽骨，即便真是那美国教员中的怪人遗骸，教会也不允许将其葬入教徒陵园。于是，香粉儿的未婚夫如获至宝，擅自做主，迎入自家坟地。他爹丢不起这个脸，本家同宗男女老少更咽不下这口气。一个月黑风高夜，忽有一伙脸上搽满锅烟的强人闯入他家，把美国教员的烂骨头焚毁扬灰，把不会说中国话的假洋鬼子，舌头削下一寸，连外国话也说不清了。舌头短下半截儿，嘴里叽里咕噜像含着一个热元宵。

此人本来生得尖嘴猴腮，缩脖儿耸肩，一副令人目不忍睹的丑态。上不了洋学堂，抱不上洋人的粗腿，也就不能狗仗洋势当官发财，不但香粉儿恶心头痛，连黄马褂儿都不掩藏自己的悔意。

此时此刻，黄香粉儿忐忑不安六神无主，正是有机可乘。三十六招，攻心为上。这些日子，马黑桃在香粉儿耳边嘁嘁喳喳，叽叽咕咕，花言巧语，念迷魂咒，早已春心迷乱的香粉儿，被她说得不再装腔作势，咬着嘴唇哧哧笑道："我是磨房里的磨，随着你这头母驴转吧！"

书阁两明一暗，香粉儿下了学，暗间就是金榜的住处，一日三餐有个小丫头送饭。这天晚上，马黑桃替那个小丫头把食盒提进暗间，开门见山就说："该你走桃花运，香粉儿看上了你。"金榜却双手搂住了她，说："我看中的是你不是她。"

28

马黑桃被丈夫典押到黄家大院，以身偿租。虽卖的不是死契，但要从黄家大院被放生，也是遥遥无期。

她的生身之母，是个花船水妓，也就不知其父为谁。吃了几服土药打不下胎，花船水妓被老鸨子贱价卖给一个叫花子头儿。叫花子头儿讨饭为生，不愿多填一张嘴，马黑桃出生没过满月，叫花子头儿就把她抱到一家小酒馆，换了半斤酒喝。

酒馆老板是个生意人，一本为得万利。他把马黑桃收留下来，残汤剩饭喂到六岁，马黑桃生得身轻如燕，手巧腿快，蹦高跳远，活泼可爱。捋榆钱，掏鸟窝，她能爬上树梢摸着天。酒馆有一道风味小菜是炸蚂蚱，一天卖十盘，一盘整十只，这一百只蚂蚱都是马黑桃亲手扑、抓、捉来，不花本钱。几家野台子戏班都向酒馆老板问过价，酒馆老板待价而沽，将这个六岁的小丫头卖给了一个马戏班主，一斤皮肉一两银子，算不上一本万利，也够得上舍了芝麻粒儿换来个大西瓜。

那个年月，十个马戏班子有九个是偷盗团伙，白天卖艺，观风踩道，月黑风高，爬墙上房，破门入户，贼不走空，一扫而光，席卷而去。马黑桃七岁就学走绳、秋千、飞人，全是高来高去、险中取胜的功夫。从十岁起就是黑白两道，十三岁犯案坐大牢，十八岁被押送到集市上标价官卖。有个赶集卖猪肉的屠户，杀两口肥猪正卖够她的身价，把她领回家急不可耐，也不挑个吉日良辰就同房，三年连生三个孩子。这个杀猪屠户嗜酒贪杯，一天夜出不归，转年大河开冻，浮起他的死尸，不知是醉归陷落冰下，还是被人杀害弃尸灭迹。马黑桃带着三个孤儿过日子，租种几亩河滩地不够糠菜半年粮，要想活命就不得不故技重演，重操旧业：一个是马戏班的爬墙上房，入院偷盗；一个是在死鬼男人身边打下手，眼看数年也就偷学了杀猪手艺。于是，她白天种田、杀猪，黑夜偷粮盗米，全为了母子四张嘴。做黑道生意，不能单枪匹马吃独食，免不了搭帮入伙，马黑桃搭靠的是柳小五那个天道会。天道会的口号是："盗富济贫，替天行道。"会头柳小五，本是穷家子弟，六岁那年歇晌，独自一人在村头玩耍，贪吃拍花子（人贩子）的绿豆粒，绿豆粒里拌着红糖迷魂药，柳小五被人贩子拐卖到野台子戏班学戏，唱了十多年也没有走红，就跳槽到花船上当保镖。他恨透玩弄水妓的嫖客，等嫖客离船而去，他尾随其后，走到前不着村后不挨店的死角之地，便从身后扫过一腿，把嫖客摔个狗吃屎，骑到身上打得鼻青眼肿皮开肉烂，趁嫖客昏迷不醒，把嫖客身上的银两席卷而归。开头，他一文不取，全给那个被蹂躏的水妓。后来平分秋色，三七开吃大头，水妓们都一个个巴结他，把身子白给他。他是老鸨子雇来监管水妓们的鹰犬，竟然跟这些女人勾搭成奸，串通一气，这就好比看守自盗，罪加一等。老鸨子解雇了柳小五，柳小五临走把老鸨子偷了个分文不剩，还带走了两名死心塌地跟他的水妓。回村爹娘已死，就投靠他的一个远房哥哥。这个堂兄是黄家大院的佃户。他站住了脚，盖起五间砖房，买了几十亩地，一妻一妾陪伴左右，过着一天三顿香油白面的日子。衣来伸手饭来张口闲得慌，多日不偷手刺痒，便又神偷鬼盗，还当起天道会会首。马黑桃黑吃黑，柳小五一失神被她偷走一个白银镂花酒壶，不值几个钱，脸却丢不起。柳小五设下埋伏挖陷阱，插圈拴套也抓不到马黑桃，最后只得绑架她的三个儿子，马黑桃才登门投案，束手就擒。柳小五一见钟情，相见恨晚，当晚姘居，打得火热，冷淡了那两个水妓。马黑桃是个寡妇，姘居了两个月便见着荤腥油腻就吐酸水。柳小五为了遮羞，哄劝马黑桃改嫁他的堂兄，又不许他堂兄染指。柳小五比杀猪屠户更驴性，马黑桃两年又生下三个儿女。不久，柳小五惹下塌天大祸，犯下死罪，鞋底抹油逃奔关东。马黑桃只得跟柳小五的堂兄睡在一条炕上，又不心甘情愿，像个刺猬不许他尝一口，他怀恨在心，租子交不上就把马黑桃典押给黄家大院。

一晃五年，马黑桃开头服侍黄马褂儿的老娘，老娘死后，又服侍黄马褂儿的大老婆，只因黄马褂儿常跟马黑桃动手动脚，大老婆掀翻了醋缸，才打发到黄香粉儿房中。她跟黄香粉儿本是主仆，不知不觉却变成了师徒：这是因为，黄香粉儿嗜好偷艺。

黄香粉儿虽不是公主御妹，在运河滩可算锦衣玉食的千金小姐，穿绸裹缎，插金戴银，吃的是鸡、鸭、鱼、肉、香油白面，却偏爱那股贼腥味儿。别人有的她没有，不偷到手便像心里窝着二十五只小老鼠，百爪挠心。她最想偷的是同父异母哥哥黄坎肩儿的吃食、穿戴、玩艺儿、日常用品，偷不到手就刀割、剪断、砸碎。黄坎肩儿刚买一双新鞋还没有上脚，她砍裂一只留一只。一条新裤还没有上身，她就剪成一条腿长一条裤短。黄坎肩儿要到潞河中学念书，他爹给买了个铁壳怀表，当年价值三十多块白光光的“袁大头”。黄香粉儿气得眼里冒火苗子，满嘴冒白烟儿，可就是无从下手偷来毁坏，出净恶气，消除妒火。这个丫头有个毛病，心里起急啃指甲，啃得十指血淋淋，仍是无计可施。恰在此时，马黑桃被打发到她屋里使唤。黄香粉儿不耻下问，学而不厌。马黑桃倾囊相授，诲人不倦。于是，黄坎肩儿在开学前夕，铁壳怀表突然不翼而飞，搜天掘地也找不到踪影，黄坎肩儿死去活来哭了一夜。天亮两眼肿成了烂桃，坐进轿车还号丧。黄香粉儿却在闺房中手拿一副棒槌，一边砸碎铁壳怀表一边咒骂：“冒名顶替的小野种儿，过桥就翻车，掉下大河喂王八！”马黑桃哧哧笑道：“大小姐真敢下毒手，这块铁壳怀表留在你的百宝箱里，洞房花烛夜送给你那如意郎君。”

“呸！你别他妈的恶心我。”黄香粉儿突然变脸发火，骂出的粗话连脸皮三寸厚的马黑桃都觉得牙碜，“我恨不得那个该死的杂种假洋鬼子，早起吃饭，一口粥噎死。”

“怪我多嘴，不该惹大小姐伤心。”马黑桃打自己嘴巴，“大小姐一朵鲜花，怎能插在一堆狗屎上。”

黄香粉儿拦她打嘴巴的手，说：“你给我想出个金蝉脱壳之计，我就饶了你。”

马黑桃挤眉弄眼儿，压低声音，咬着黄香粉儿的耳朵，嬉笑道：“等天黑之后，吹灯上炕，我有妙计安天下。”

诲盗必诲淫。马黑桃一心想叫黄家大院出丑，正好在黄香粉儿身上杀人不见血。

黄香粉儿跟马黑桃虽是同室而居，却有主仆之分。黄香粉儿睡在暖炕上，马黑桃睡在炕沿下，垫一张草垫。今天夜晚，黄香粉儿拜师学艺，马黑桃也就高升一步上了炕。

“快把你的锦囊妙计掏出来！”黄香粉儿迫不及待，一口气吹熄了灯。

“大小姐，你可知道要想学得会，得跟师父睡？”马黑桃身份一变，端起架子。

“你想钻我的被窝？”黄香粉儿打了个哆嗦，肉皮子发紧。

“黄盖不叫周瑜打，我还下炕睡。”

“依你，依你。”

这一夜，马黑桃使出浑身解数，身教胜于言传；黄香粉儿大开七窍，方知此计之妙。不过，新盖的茅房最多只有三天香，黄香粉儿便觉得马黑桃一不解馋二不解渴，高烧降了温，从热得像灶膛里卧，变得冷得像冰窖里坐，虽没把马黑桃赶下炕沿，却已经不肯礼贤下士，盛气凌人起来。

料事如神的马黑桃，三年早知道，黑暗中嘻嘻一笑，说：“我的大小姐，小奴家的本领，不过是程咬金三斧子半，你要十八般武艺样样精通，还得另拜名师。”

“名师在哪儿？”

“您远瞧近看，前思后想。”

黄香粉儿脱口而出：“金榜眼！”

29

金榜屋里的灯又亮了。高灯台，玻璃灯罩，点的是美国壳牌洋油，胜过八月十五的月光，照得见院里的花红叶绿。洋油行比洋学堂、洋教会、洋医院更无孔不入。黄香粉儿还花了不少私房钱，买了两块洋胰子，洗脸就是比土产的猪胰子香而滑润。她洗过脸就急忙把香胰子收藏在梳头匣里，还要挂上锁，深怕马黑桃偷用。马黑桃连猪胰子也用不起，洗头洗脸洗身只用花梗子灰。

灯光下，金榜衣衫不整，头发蓬乱。那个年月的乡下汉子，十有八九剃光头。旧脑筋的老头儿，脑门上还保留着前清的猪尾巴小辫。不多几个读书人，留起平头，已经够得上新潮透顶。金榜最好赶时尚出风头，进过两趟通州城，看见潞河中学的教员头上留长发，自己不能甘居人后，短茬的平头也得长高半尺八寸才够味儿。他爹刘二皇叔只喜欢光葫芦头。孔圣人说过，父死，三年不改父之道，是为孝也。金榜不顾老爹活得像一跳八丈的金钱豹子，竟敢不留光头，满脑瓜子长狗毛，气得他恨不能拿一把割韭菜的韭镰，把金榜的满头狗毛铰成癞痢秃子。金榜不敢回家，害怕韭镰割发，也是原因之一。

马黑桃是花船水妓之女，偷情的行家，黑暗中快而不乱，早已穿衣系裤，梳理头发，没有点灯照镜子也能齐齐整整。

挖河、打堤、拔麦子、脱坯，马黑桃累得烧红了扁桃脸，吊梢眉下的丹凤眼水汪汪亮晶晶，狡黠而刁钻。她一边给金榜盛饭摆菜盘子，摇头摆胯耳坠子撞脸，一边目光灼灼哼着鼻子冷笑道：“金先生，你吃了三个月的素，今晚上我给你开了荤，你该怎么报答我这个大慈大悲女菩萨？”

“我姓刘！不姓金。”金榜正襟危坐，一副圣人门徒神气，“大丈夫行不更名，坐不改姓，你可要记住，今后不得口误。”

“姓金难道辱了你？金子多少钱一两，大丈夫能卖几个钱一斤？”

“我娘本姓金，你叫我金先生，也算不得我是小子无能，更名改姓。”金榜一边吃菜饮酒，一边跟马黑桃涎着脸儿取笑。

马黑桃啜了一口酒，吐到金榜嘴里，嘻嘻笑道：“从今以后，你就报号金榜眼吧！”

“我又不想吃绿林饭，要哪家子报号？”金榜连连摇头，“我更喜欢曲径探幽，云雨采花，叫我金探花更为恰当。”

马黑桃突然变脸，乌云满面，咬牙骂道：“难道你就不想成绿林中龙头老大，当个顶天立地男子汉。”

“我手下没有一兵一卒，一枪一弹，关上门称王道霸又有何用？”

“我手里有天道会的龙牌，你拿着龙牌方圆左右一转，柳小五的残兵败将就会归到你的旗下。”

“你得当我的压寨夫人。”

“我是柳小五的姘头，只能跟你叔嫂相称，背后给你撑腰，一旁站脚助威。”

“家里那位结发贤妻，死也不肯跟蹚浑水呀！”

“绿林龙头大当家，也算草头王，压寨夫人得是千金小姐。”

“你七弯八绕，还是要把我勾引到黄香粉儿的炕上。”

“咱俩只不过是露水相逢，我可不想当痴心女子。”

“原来你只等柳小五得胜还朝大登殿。”

“柳小五的两个水妓子娘儿们，大难临头各自飞，我不能眼看着他成一条丧家犬呀！”

“好吧！那我就会一会这个贱货黄香粉儿。”一股妒火激怒金榜，起身直奔黄香粉儿的闺房。

过河就拆桥，马黑桃被关在门外，抱肩在门外蹲了大半夜，大半夜没能合一合眼。屋内，一男一女打堤砸夯，重呼轻叫，接二连三。天麻麻亮，金榜如漏网之鱼溜出来，脸色灰黄塌了腮，目光吊滞眼窝子黑，活像个病入膏肓的烟鬼。

“恭喜！”马黑桃冷笑着，“你像条癞狗。”

“这个女人活是喝人血的蚂蝗，我甘拜下风了。”金榜缩着脖子逃回书阁。

黄香粉儿逞能斗狠，虽然压倒金榜一头，一夜云雨也累得她浑身像剔了骨头扒了筋，沉睡不醒，直到吃晌午饭才下炕洗脸梳头，吃饱了食困，又倒头便睡。黄香粉儿已对念书不感兴趣，常告病假，金榜便趁此机会，腰藏马黑桃交给他的龙牌，马不停蹄东奔西走。

龙牌神通广大，比得过皇上的圣旨，更比得上大将军的令箭，柳小五那些脑瓜子钻进裤裆里的残兵败将，一见龙牌个个都低头哈腰俯首称臣，没有三叩九拜管他叫万岁爷，也一口一声叫他大龙头，大当家。一天他怪不好意思，两天便感到悦耳动听，三天更觉得理所应当。他脚下飘飘然，真以为不是挥剑斩蛇的刘亭长（邦），也是那长毛子王洪秀才（秀全），或许有一天也像闯王进京，紫禁城金銮殿做个四十八天皇上。

奔走一天归来，马黑桃早在他的屋里等候。每天送饭，已经不用那个小丫头，马黑桃一手独揽了。

这时，金榜才黄粱梦醒。他虽身佩龙牌，不过是使唤丫头带钥匙，当家主不了事，马黑桃正是那垂帘听政的西太后。大到磨盘石磙，小到秋毫之末，都像审案问个仔细。

有一天，金榜回来一进屋，不等马黑桃审问，兴冲冲笑道：“黑桃，我遇见了高人。此人敢比卧龙凤雏，我想劝他入伙当咱们的军师。”

马黑桃心细多疑，皱眉问道：“这个人姓甚名谁，干什么营生的？”

金榜回答：“他姓路，叫路坦，是个串学馆的笔墨小贩。”

“过去靠什么为生，哪行发财？”

“他说当过察绥抗日同盟军的副官。”

“画虎画皮难画骨，知人知面不知心，你可不要跟他漏底。”

“是，是！我跟他要话到嘴边留半句，不可轻抛一片心。”

金榜话说得死硬，偏又是书生脾气，孺子心肠，只过两天就跟路坦拜了把子，自作主张把龙牌交路坦保存，代他串连柳小五天道会的会众。

马黑桃一听，气得暴跳左右开弓打了金榜两个嘴巴，骂道：“我瞎了眼，昏了心，看中你这个绣花枕头！你倒会借花献佛，做顺水人情。”

金榜摸着火辣辣的左腮右脸，嘟哝道：“那个路坦，古今中外无所不知，文武之道无所不晓，等你见着他，就知我所言不假。”说着，堆起笑脸，上前求欢。

马黑桃挣脱了他的搂抱，一阵风跑走。

这天夜晚晚梆打三更，金榜正跟黄香粉儿交颈叠股同床共枕，忽听黄家大院外三声枪响，喊声震耳，一支一支火把投入院内，火光照红了前院、后院、跨院的窗纸。恰巧黄马褂儿进城到官府走动，一妻四妾都慌了手脚乱了分寸。最后，大奶奶做主，请金榜替他们出面，爬上高墙角楼，跟院外强人答话。三言两语金榜就已明白，原来是路坦冒充柳小五，向黄家大院讨还马黑桃。大奶奶和四个姨太太，都怕黄马褂儿色兴大发，把马黑桃收为小老婆，那就越发僧多粥少了。乐得趁此机会，打发走这个暗藏的敌手。

路坦以柳小五之名，还向黄家大院索取白洋五百块，大奶奶也甘愿一分不少装进褡裢叫马黑桃赶着驴驮子送出去。

马黑桃堂前叩别女主人，金榜从大奶奶手里接过典押文书，拿到马黑桃面前焚烧。

“你他妈的不许喜新厌旧，赶早抽身找我破镜重圆！”马黑桃眼神阴暗，恶狠狠低声道。

大奶奶耳朵贼尖，大声问金榜道：“这个女人跟你嘀咕什么？”

金榜正不知如何回答，马黑桃抢过了话：“我不能奉陪大小姐上学念书，金先生就该尽快辞工，免得一男一女整日关在书阁里，惹得臭嘴嚼舌根。”

大奶奶心中一动，暗道：“家贼难防，不可大意。”

金榜却色迷不悟，不肯三十六计走为上，险一些儿刀下做鬼，死无葬身之地。

30

露水姻缘难成长久夫妻，搭伙男女也少有白头偕老。黄香粉儿跟金榜如醉如痴，毫无倦意，大有下嫁金榜之心。然而，金榜却是三心二意，举棋不定。他不敢、不忍、也不肯停妻再娶，并且是身在黄香粉儿炕上，魂儿却早被马黑桃勾走。女人的肌肤最知冷热，黄香粉儿越来越感觉怀里抱着个麻木不仁的空壳子，像那守活寡的女人，夜夜伴着木形儿睡觉。

这天夜晚，三上三下之后，已是头遍鸡叫，金榜软如烂泥，只想溜回自己屋里蒙头大睡。黄香粉儿却偏要熬鹰，摇搡他不许闭一闭眼。

“郎君，妾身已经身怀六甲了。”枕席之间，黄香粉儿口吐草台子戏的戏词儿，又憋了一口气，肚子胀成猪尿泡大小。

金榜一摸，像烫了手，叫起来：“这是谁家孽种？把屎盆子扣在我头上！”

“姑奶奶交给你的是黑子红瓤原封货，不是你弄大了我的肚子难道是黑桃？”黄香粉儿换了口气，越发大腹便便了。

金榜仍不甘心，叉开手指，猛按黄香粉儿的肚皮，黄香粉儿扑哧一笑，肚皮瘪了个坑，喘着气道：“我不想跟你只算露水姻缘，叫你白占便宜。”

“我有结发之妻，难道你真想做妾？”

“呸！我是千金小姐富贵身，嫁你为妻已经有失身份，你就是当上七品县令、五品州官，我也不做小。”

“那便如何是好？”

“休了你的丑娘儿们！”

“她未犯七出之条，又为刘家生下麟儿贵子，我休她出师无名呀！”

“那就我为大，她为小。”

“从来都是先入为主，怎能够后来居上？”

“你不依我，就是无情无义负心贼，天打五雷轰你。”

“我依了你，老爹也不依我呀！”

“你那个穷光蛋的爹，跟我们万贯家财的皇粮庄头结亲，我只怕乐死了他。”

金榜虽跟老爹格格不入，内心却是个十足的孝子，一听黄香粉儿咒骂他爹，无名邪火三尺高，一个巴掌抽在黄香粉儿脸上，骂道：“你从小尿布擦嘴，臭泔水缸！”

黄香粉儿自幼没被爹娘捅过一指头，穷酸金榜竟敢动手打她，岂能忍受如此奇耻大辱，恨得尖叫起来：“救人呀！金榜闯进了我的绣房！”

金榜慌忙穿上裤子，披起衣衫，赤脚只穿一只鞋，便抱头鼠窜，仓皇逃命。

一出角门，就被两名巡更的护院踢倒按住，五花大绑四脚攒蹄，送交黄马褂儿发落。

金榜被扔到正院的一棵石榴树下。黄马褂儿从四姨太太屋里光脚跑出来，一听护院打手禀告，金榜闯入香粉儿小姐闺房，想要强行非礼，气得七窍生烟，喝令把金榜吊在石榴树上，懒驴愁鞭子蘸凉水，他要亲自动手毒打。

护院打手齐声吆喝，把金榜高吊离地三尺，金榜扯开喉咙喊冤："黄老东家，是你女儿勾引我偷情苟合。"

"放屁！血口喷人。"已经整理衣裤的黄香粉儿，跑出来，又哭又闹，"姑奶奶眼里不揉沙子，我要抽他头一鞭！"

护院打手不敢怠慢，动手扒下金榜的长衫。长衫落地，金榜贴肉穿着的却是女人水红小衫，没有扣着纽襻儿。

"哎呀！"黄香粉儿扔下手中驴鞭，双手捂脸而逃，此中私情不打自招。

还是黄马褂儿最能随机应变，大喝道："刘家浪子，你堂堂五尺男儿，竟穿媳妇肉衫儿，怎会不是采花淫贼？"

金榜又连声叫屈，说："小衫儿上绣着你女儿的奶名！"

黄马褂儿气急败坏，哈腰从石榴树下抓起一大把鸡粪土，填满了金榜的嘴。

鞭如雨下，打得金榜血肉模糊，黄香粉儿又舀来一大碗黄酱，涂满金榜一身，金榜疼得钻心。

天麻麻亮，金榜只残留不到一口气，黄马褂儿慌忙呼叫护院打手套车，火速把金榜押送官府，不得死在半路。

黄马褂儿每天抽三遍鸦片烟，烟灰也不糟蹋，积攒起来，等农忙时节，洒拌在长工饭菜中，能够激发长工的气力，浑身充满牛劲。护院打手见金榜半死不活，便盛来两碗稀粥，拌上烟灰给金榜喝下去，金榜竟睁开眼睛有了活气。

马车沿着河堤奔跑，躺在车上的金榜一会儿昏迷一会儿醒转，颠簸得像干锅的鱼翻滚。突然，叭叭！就像两声响鞭，吓得他竟从草垫上挺身坐起。只见两名押送的护院打手中枪身亡，一个蒙着青布包头，插一朵粉红绒桃花的女人，飞马疾驰而来，叫了声："榜眼，你受罪了！"说着，淌下两串泪珠。金榜定睛一看，认出了马黑桃。马黑桃翻身下马，把两名护院打手的死尸踢下了河，又把金榜揽抱在怀里，跨上马背飞奔而去。金榜眼昏迷之前瞥见，后面紧紧相随的骑马男人，正是他的江湖好友路坦。

通州、武清、香河三县交界，有个菱角淀。清朝乾隆年间丈量，方圆百顷，百顷之内又有干涸旱地，不成村落，也够上锅伙，只叫七十二家窝棚。七十二家窝棚里住的都是天道会会众，打家劫舍之外，平日就在窝棚四处种些瓜、豆、荞麦，养些鸡、鸭、猪、狗、羊，可算是半农半匪。马黑桃的窝棚院占地有二亩大小，路坦颇为风雅，起了个美名叫凤还巢。两间窝棚一道篱墙，虽是旱地也很潮湿，摇曳着几簇粉红照眼的狗尾巴花。马黑桃跳下马背，把金榜抱进窝棚放在炕上，又走出来给她的马盘起缰绳，照屁股上拍了一掌，到远处去找鲜草吃。马黑桃回屋，金榜仍然昏迷不醒，她并不慌张，从瓦罐里掏出一个小瓶，拔下圆髻上的银簪，从小玻璃瓶里挑出两块鸦片烟膏子，化在酒盅中。她含在嘴里，赶忙跟金榜嘴对嘴儿，一滴不剩吐进去。不大一会儿，金榜睁开双眼，眼光晶亮如星，起身惊问道："我在哪儿？"

"天王老子管不着的地方。"马黑桃挤眉弄眼笑道，"你安安稳稳睡上三天两夜，我派人白天黑夜服侍你，花大钱请高手大夫给你治伤，伤好你得执掌龙牌，代替柳小五当家做主。”

“当家做主的该是你。”

“黑道上规矩，娘儿们不能行大。”

“我只不过皮肉吃了点苦，并没有伤筋动骨。你陪着我，我给你做伴，地野天荒做一对野鸳鸯吧！”

“七十二家窝棚几百双眼睛，都盯着我这个柳小五的姘头，我得装得像守望门寡。”

“黑道生意的规矩我一窍不通，还不如叫路坦当龙头。”

“呸！窝囊废。”马黑桃咬牙切齿啐了金榜一口，“那个姓路的笑里藏刀，跟咱们不是一条船的人。”

“何以见得？”

“他不交还龙牌，还走东家串西家，勾引弟兄们跟他到关外打日本鬼子。”

“精忠报国，你我皆应如此。”

“奉军千军万马都兵败如山倒，咱们这几十个人还不是羊入虎口？”

“为国尽忠，死有何憾？”

“我不想跟你这个书呆子多费口舌！”窝棚外马蹄声近，马黑桃低声叮咛道，“姓路的来了，你跟他要回龙牌。”说罢，抢步出屋，也不跟路坦照面，气呼呼到草地上寻找她那匹马。

一点儿不错，正是路坦下马进屋。路坦剃着光头，穿一身粗紫花布裤褂和踢死牛洒鞋，连鬓胡子像根根松针，一副剽悍的绿林好汉神气，威风凛凛不同凡响。

“金榜兄！”路坦紧握金榜的双手，“你来到菱角淀，我就有了个知己朝夕相处，不会孤掌难鸣了。”

“贤弟，马黑桃心窄器量小，你不必跟她计较。”金榜的手更紧，心更热，“咱俩头一回见面，你一说起抗日救国，我就五体投地拜服了你。”

路坦从贴肉小衫里掏出龙牌，双手捧给金榜，说：“龙牌完璧归赵。我不把龙牌交给马黑桃，是怕她把弟兄们从黑道引向死路。”

“这块龙牌存放在你手里，更万无一失。”金榜又把龙牌推给路坦，“哪一天下关东打日本鬼子，挂帅的该是你。”

“那……就算我代你保管吧！”路坦又收藏在内衫里。

鸦片烟的毒劲儿一过，金榜又昏迷过去，不吃不喝睡了个天昏地暗三昼夜。

31

天道会三个会头，金榜眼、马黑桃和路坦，一口锅里搅马勺，却又各打自己的算盘。金榜眼只想把这支人马交给路坦到关外打鬼子，自己回家给老爹磕头请罪，今后疼妻爱子，教书为生。马黑桃推算柳小五早已不在人间，变成死鬼。即便活着，也是隐姓埋名，成家立业，不敢回乡了。所以，她最想受到官府招安，在菱角淀种上十亩八亩旱地，过个饿不着肚子的日子。她并不想改嫁金榜眼，金榜眼娶不起她这个带着几张嘴的女人，鳌里夺尊的刘二皇叔也不许她进门。然而，她能劝说金榜眼在七十二家窝棚教私塾，一年也能欢聚十个月。路坦跟他们二人不同，他已从地下交通站接到通知，必须掌握天道会这支小小的民间武装，时机成熟，经过整编，加入即将建立的冀东人民抗日自卫军。

路坦和马黑桃都不能不争取金榜眼。

金榜眼虽然放浪形骸，却是为人厚道。路坦读过的书比他多，见过的世面比他广；读万卷书，行万里路，路坦够得上两万，他怎能不心悦诚服？于是，路坦叫他牵头，在天道会中成立抗日救国会，却把马黑桃划在了圈外。马黑桃听说会中有会，暗吃一惊，后悔自己假装为柳小五守节而冷落了金榜眼，难免一天比一天生分。

这天下半夜，金榜眼跟路坦在窝棚里喝酒，梆打三更尽欢而散。虽没有酩酊大醉，也已经醉眼蒙眬，头沉耳鸣，马黑桃闪身而进，竟没有察觉。

“酒逢知己千杯少，怎么不召唤我喝个残盅呀？”马黑桃话音酸中带刺儿，“是不是跟我话不投机半句多？”

金榜眼酒气遮脸儿，酒劲壮胆儿，说：“我怕腌臜了你给柳小五死守的贞节牌坊。”

“放屁！良心给狗吃了。”马黑桃破口大骂，“我待你跟柳小五，谁冷谁热，谁远谁近？你难道是头劁了的猪，阉了的驴？”

“那你今晚上住下来！”金榜眼冷笑一声哼道。

“本来是姑奶奶的老窝儿，想住就住，想走就走！”马黑桃一屁股坐在炕沿上，呼哧呼哧喘粗气。

金榜眼乜斜眼睛嬉笑道：“那就在你身边借一席之地，栖风避雨，借庙修行。”

“你敢娶我吗？”

“叫你当小老婆，委屈了你。”

“两头为大，跟你家里那个原配平起平坐。”

“这个……这个……我想听听路坦的高见。”

“路坦是你亲爹，娶个娘儿们也要看他的脸色。”

“人家就是比我站得高，望得远，看得全；更不像你，只会眼观三寸，死盯着自个的鼻子尖儿。”

“那就领旨去吧！”

“良宵一刻值千金，刀搁脖子上我也不肯离开足下。”

“一见娘儿们就骨酥肉麻，我见不得你这副贱气。”

“食、色性也，人之大欲焉。楚霸王都过不了美人关，我就更得走麦城了。”

两人自黄家大院一别，也算得三月不知肉味，一夜云雨难解多日干渴，日上三竿仍然沉睡不醒。

马黑桃脾气拐孤，一直看路坦不入眼，心存戒备，难以接近，天道会还有大多数会众不肯加入抗日救国会。所以，路坦非常愿意金榜眼和马黑桃结为搭伙夫妻。金榜眼对他言听计从，正可充当他的传声筒，对马黑桃动之以情，晓之以理，天道会便会脱胎换骨，改邪归正。

路坦承头，为金榜眼和马黑桃筹办婚礼。三天后菱角淀锣鼓喧天，一支绵延三里的娶亲队伍，光是女方的嫁妆就有一百零八抬。笙管笛箫齐奏，花轿在菱角淀七十二窝棚中穿梭行街。马黑桃红袄绿裤，浓妆艳抹，头戴凤冠，插满凤钗红绒花，镶着大大小小圆溜溜光闪闪的彩珠子。马黑桃喜上眉梢，摇头晃脑，叮叮当当的耳坠儿打脸腮，脸腮搽的是白铅粉和红胭脂，嘴唇儿上还抹着凤仙花汁，整个儿活像女吊死鬼。新娘子马黑桃搔首弄姿，飞眼儿卖俏，新郎官金榜眼却是愁眉不展哭丧着脸。他虽是个好色之徒，却曾读过孔孟之书，家有老父、发妻、幼子，另娶一个不干不净的女人为外室辱没先人，给家门抹黑，天理难容，罪莫大焉。他左思右想只有三十六计走为上，不能拜天地入洞房，染缸里扯不出白布。头上皇天脚下后土，他只盼天漏一洞，地裂一缝，就可逃遁而去。然而，路坦好像看穿了他那七上八下的心思，紧傍着他形影不离，只要他敢跨出一步，路坦就会翻脸动手，不许他上天入地脱身。这些日子，路坦察言观色，在马黑桃面前讨好，惹得金榜眼十分气恼。

新房就在金榜眼的窝棚，匆忙接出的一间苇棚抹着麦秆儿泥，马黑桃还在篱墙内外和房前屋后移栽了五颜六色的野花，跟门框的红对联和窗棂上的喜鹊跳梅和大红喜字，相映一片艳红，喜气冲天。

花轿到门，爆竹声声，大全福人挑起轿帘，在地上铺起红毡，搀扶新娘子下轿。早到一步的金榜眼，十字披红头插花翎，拉满雕弓连射三支箭，马黑桃迈马鞍，跳火盆，跟金榜眼双双走向天地桌。

却在这时，叭，叭，叭！三声震脑刺耳的枪响，十几匹快马从四面八方围奔而来。马上的人狂呼乱叫，就像十几只疯狗跳上马背，到金榜眼的窝棚抢骨头。

马队紧紧包围了金榜眼的窝棚小院，吓得追逐花轿看热闹的男女四散奔逃，轿夫和挑夫也纷纷逃之夭夭。路坦见势不妙，混乱中溜之大吉，躲开是非之地，袖手旁观更进退自如。

领队的高头大马上，跳下一个留着日本仁丹小胡子的男人。

此人头戴一顶巴拿马龙须草帽，身穿茧绸裤褂，鼻梁子上架着一副黑咕隆咚的墨镜，腰间斜插两支王八盒子。

"五爷！"马黑桃脸色一阵惨白，嘴唇哆嗦，"五哥，哥……"

"恭喜妹子！"柳小五摘下墨镜，两只三角眼咄咄逼人，"多谢你还没有忘了我这个哥哥，怎么不等我回来，终身大事就自作主张？"

"你姓柳，我姓马，不是一个爹的种子，不是一条娘肠子爬出来！"马黑桃陡地脸色一变，竟敢恶语顶撞，"我又没给你立过卖身文书，嫁给谁你管不着。"

"好一张红口白牙鲶鱼嘴！"柳小五哈哈一笑，恶毒的目光死盯金榜眼的脸，"潘、驴、邓、小、闲，这个男人占哪个字？"

"满肚子才学。"马黑桃夸夫，"他肚子里的墨汁儿，比我喝过的水多。"

柳小五又翻了翻眼皮，问金榜眼道："贵姓？"

"金。"

"高名？"

"榜眼。"

"怎么不叫状元？"

"山外青山天外天，我可不敢有眼无珠，看不见能人背后有能人。"

"金榜眼，好汉子！"马黑桃叫好，"我这朵香花没有插在牛粪上。"

"骚货，贱人，浪母狗！"柳小五臭骂马黑桃，又转脸向金榜眼冷笑道，"这个娘儿们是我玩得下了蛆的一堆烂肉，你吃我的残羹剩饭，喝我的涮锅水，难道就不觉得丢人背兴？”

“古有红拂、李靖，我跟马黑桃是风尘知己！”金榜眼挺起胸膛，响当当答道。

“金榜，我的亲人！”马黑桃哭中有笑，笑中有哭，“有你这句话，我死也值得。”

“那我就成全你！”柳小五拔出王八盒子，乓乓！马黑桃倒卧在血泊中。

“五爷，您这是小不忍乱了大谋！”一个大烟鬼瘦老头儿，急得直拍大腿，看得出是柳小五的狗头军师，“咱们前来追讨的是龙牌，不是为一个破烂货的半老徐娘争风吃醋。”

“死了马黑桃，还有金榜眼。”柳小五恶狠狠叫道，“寒鸭浮水，吊起来！”

金榜眼的窝棚小院外，有一棵歪脖子酸枣树，柳小五的打手把金榜眼五花大绑，吊在酸枣树上，像点天灯。

“龙牌藏在哪儿？说！”柳小五吼道。

“龙牌是你们天道会的金镶玉玺命根子，有德者居之，岂能到我手里？”金榜眼咬定牙关不招供。

“打！”柳小五气急败坏。

十几名打手人人一杆赶马的大皮鞭，噼噼啪啪，金榜眼血肉横飞：呼天喊地，嘶哑了嗓子。

狗头军师怕饥渴交加，死了活口，吩咐紧邻金榜眼窝棚小院的一家，给金榜眼熬一碗稀粥，只许这家的一个三尺顽童送去，以防串供。

金榜眼教书有瘾，一到菱角淀就办起了私塾，他亲自教授《百家姓》《三字经》《千字文》，还请路坦讲解算术。这个三尺顽童，正是他俩的得意门生。

打手把寒鸭浮水的金榜眼放下来，金榜眼背靠酸枣树，一口一口捯气儿，抬不起眼皮。

“老师，您喝口稀粥吧！”三尺顽童手捧粥碗，双膝跪倒在金榜眼面前，“路老师藏进苇塘里，打算带人把您救出去。”

“我……死不足惜，不可为我……飞蛾扑火……”金榜眼喝两口粥只为润一润嗓子，“你回去跟路老师说，他还是打个冷枪叫我一枪毙命，免得我熬刑不住……”

这天半夜三更，月明星稀，鸟鹊从夜空哀鸣而过；一声清脆的枪响，金榜眼在黎明前死去。

32

刘二皇叔已经没有钱到杠房雇棺罩、杠具、鼓乐，他把单老双和常三褡裢找到家里，老哥仨商定，自己动手，打口薄皮棺材，刨一座坟坑，自已抬棺自己埋。只有对子一人穿白戴孝，打幡抱罐，烧纸焚钱。

刘二皇叔喝下一大葫芦酒，却心中不糊涂。他沉着脸问单老双道：“亲家，咱们先小人后君子，丑话说在头里；我要问你一句，金榜的棺材落不落地？”

北运河乡俗，男人死后，如果下葬时棺材落了地，女人就有改嫁之心，如果下葬时棺材垫几块砖，女人就要守一辈子寡，死后跟丈夫并骨，才能取走丈夫棺下的砖块。刘二皇叔这一问，就是要问明对子是走是守。

“亲家，这叫什么话？”单老双像被抓了脸，血涌上头，“兄弟虽是粗鲁汉子，可懂得忠臣不事二主，烈女不嫁二夫；好马都不配二鞍，我女儿难道比不上牲口？”

“兄弟，受我一拜！”刘二皇叔老泪夺眶而出，给单老双磕了个响头，“我刘家的脸面保住了。”

常三褡裢把他拦腰抱起，说：“老言古语有道理，女人先嫁由爹娘，后嫁由自己，还得问一问对子的心思。”

对子哭得死一遍活一遍，蒲团大娘和荷包掐人中，揉胸口，怕她一口气上不来，憋闷而死。常三褡裢过来问话，专等对子回答。

荷包却以自己之心度对子之腹，说：“妹子二十刚出头，一朵鲜花刚开，几十年的寒屋凉炕凉被子怎么熬？”

“对子不像你，水性杨花没人品！”常三褡裢喝道。

对子不得不开口：“我爹说了算。”

常三褡裢如实回报，张团圆从鼻孔里冷笑一声：“这个丫头，不是三心，也有二意。”

“她敢！”单老双一拍八仙桌面，暴跳而起。

刘二皇叔伸出一只手，把他按坐原处，笑了笑说：“汗毛眼儿上长眼吧！有人想哄骗对子走邪道儿。”

荷包一整天阴沉着脸，想的都是夺人所爱，损人利己。

对子哭得两只乳房不见一滴奶水，荷包自愿过来陪夜，狗嫌儿睡在她和对子之间。

荷包喂饱了狗嫌儿，摆弄自己那两个白嫩肥大滚圆的奶子，皮笑肉不笑道："我的相好回来了，他叫我天天陪他，我不能把自个儿一劈两半呀！"

"哪个相好？"

"我好过的男人就两个：死了的金榜，活着的戏子。"

"那你跟他树丛草棵子里滚去吧！"

"戏子在这一带就唱几天，你当我的替身陪他几回。"荷包在对子耳边一口口吹风，"狗嫌儿吃奶要紧，顾不得那么多的脸面。"

人活一张脸，树活一层皮，男怕失足女怕失身，对子不吭声了。

此时正夜深人静，鸟啼、虫吟、驴鸣、狗叫，令人心烦意乱。

"哎！"对子叹了口气，翻了个身。

荷包趁热打铁，哄劝道："天知、地知、你知、他知、我知；天不言地不语，你不愿说出去，他不敢说出去，我不能说出去，露水姻缘一闪而过。"

"我对不起金榜呀！"

"戏子扮的金榜，跟活人一模一样。"

对子又沉吟不语，只是一声又一声叹息："哎，哎！哎……"

"睡觉吧！醒来我听你的回话。"荷包攻心为上，慢工细活，"你愿意，明晚上到河滩的柳棵子地。你尝过这一回，就知道姐姐不打半句诓语。"

半夜三更，一不刮风二不下雨，月亮又大又圆，月光又白又亮。对子畏畏怯怯，躲躲闪闪，心乱如麻，一步一步临近河湾柳棵子地，影子又黑又长。

开弓的箭回不了头，河湾柳棵子地就在眼前，柴门小院已经扔在背后老远。她只是想看一看戏子扮出的金榜像不像，并不打算偷野汉子。

她到柳棵子地外，后悔得正想转身而回，忽听柳棵子地里低声唤道：“对子，盼得我眼珠儿瞪出了眼眶！”声腔和口气，活是金榜死而复生。

“金榜！”对子又惊又喜，一头扑进柳棵子地。

月光下，站立着身穿半旧长衫的戏子：手拿一本书，笑吟吟的十分文雅和蔼，高、矮、胖、瘦、眉、眼、口齿，都跟金榜不差分毫，只是抬手投足有点装腔作势；对子泪眼蒙眬，看不出戏子的假相。

“对子，苦了你！”戏子使了个身段，甩袖、顿脚、叫板、蹉步，一腿跪地。

“金榜哥，想死了我！”对子跌跌撞撞跑到戏子身边。

河风摇动月色里，两人正要抱头痛哭，突然密柳丛中大喝一声，耳边好像响了个雷。跑在前面的是单老双，紧随后头的是刘二皇叔。

单老双一拳打倒了女儿对子，刘二皇叔一脚踢躺了戏子。

“饶命呀，饶命呀！”戏子连连哀叫讨饶。刘二皇叔拎起戏子，直奔河边，冷笑着骂道：“狗贼，你勾引良家妇女，杀了你我是为民除害！”说着，从背后抽出鬼头刀。

“我……没敢……没敢碰一碰……对子的玉体金身……”戏子叩头捣蒜。

“那就给你留一条整尸！”刘二皇叔把鬼头刀插回背后，掐住戏子的脖子，牛不喝水强按头。

戏子挣扎呼叫，叫一声喝一口水，咕噜声像打嗝儿；灌满了肚子，也就挺了腿。

刘二皇叔把戏子的死尸扔进大河，返回柳棵子地。单老双一根麻绳勒死了对子，坐在女儿身边大颗大颗掉眼泪。听见刘二皇叔脚步声，单老双抬头仰脸，木木呆呆笑了一下，说：“我审问过了，对子没给刘家抹黑。”

“那你还勒死她？”刘二皇叔吼道。

单老双仍是呆笑着答道：“免得你的心老不敢放在肚子里。”

“我要把她葬得体面！”刘二皇叔给儿媳妇跪了一跪。

他放出口风，说金榜下葬时对子许过愿，从一而终给金榜陪葬。刘二皇叔卖了五亩地，不但雇来棺罩、杠具、鼓乐，而且求得黄马褂儿出头，从县衙门买来一块节妇牌，在僧道诵经声中，绕运河滩转了一圈。

对子跟金榜同葬一穴，金榜的棺材落了地，节妇牌也埋在了他们的坟坑里。

33

发丧儿媳，刘二皇叔忍痛卖地，真好比他家的老祖宗刘玄德痛失荆州十八郡。他的心气衰落下来，懒得下地耕、耩、锄、耪，只愿到河边渡口柳荫下或躺或坐，跟过往客商谈天说地，有时就泡在书场，追随野台子戏班。单老双伤心人怕见伤心地，看见刘二皇叔的柳篱小院想起女儿，看见自家的窝棚也想起女儿，看见外孙子狗嫌儿就更想起女儿。眼不见能得心静，便跟着赶脚的驴驮子走了一程又一程，越走越远，不知去向。

荷包称心如意，包占了整个的狗嫌儿。狗嫌儿吃她的奶，啭儿哄狗嫌儿玩。狗嫌儿胃口大，一口气能吃空荷包一只奶子，喘口气又能把那一只奶子吃个半空，啭儿骂他前世是个饿死鬼。

“他爹也是这么贪吃下色！”荷包喂饱了狗嫌儿，扣上小衫的袢子。

“他爹也吃过您的奶水呀？”啭儿睁大眼睛问道。

荷包脸一红，答非所问，说：“哪个男人不是吃女人奶水长大的？”

“我也给狗嫌儿喂奶。”啭儿说着就掀开自个儿的花兜肚，“免得他把您吃干了。”

荷包一巴掌打在啭儿手上，笑着啐道：“杏儿不熟是酸的，桃儿不熟是苦的，你还早三春哩！”

她的热心肠儿充分表现，不但给狗嫌儿喂奶，而且给刘二皇叔做饭；刘二皇叔游逛回来，饭菜正等他张口。

刘二皇叔深受感动，后悔不已，说：“都怪我有眼无珠，好歹不分，要是答应金榜娶你，他也就不会命丧黄泉，团团圆圆一家人。”

荷包是头顺毛驴子，刘二皇叔夸她，她就更假戏真作，越发像个孝女。

谁想，这一天正午时分，刘二皇叔从说书场回来，下堤一进锅伙，就听见狗嫌儿像被猫抓了似的哭哑了嗓子。他连滚带爬跑回了家，冲进屋里一看，只见啭儿怀里紧搂着狗嫌儿，狗嫌儿伸着舌头舔她的兜肚。

“你娘呢？”刘二皇叔惊问道。

“那娘儿们变成了疯狗！”啭儿啐骂，“她到河边看河漂子中了邪，披头散发又哭又闹，说要把狗嫌儿饿死。”

“河漂子？”刘二皇叔马上恍然大悟，眼前浮现戏子的死尸。

他忙跑到常家。

篱墙里，土房中，荷包的哭叫声从后窗传出来：“杀千刀的刘二皇叔，五马分尸的刘二皇叔，死了变猪变狗变羊变牛变马变驴变鸡变鸭的刘二皇叔，你杀人灭口，我到衙门告官……”气噎了喉咙，一声一声咳嗽。

刘二皇叔走进院门大喝道：“反叛丫头，你敢咒我！”

“我……我还敢……杀了你！”荷包疯叫，一把菜刀从窗里飞出来。

刘二皇叔藏头裹脑闪开菜刀，赤手空拳破门而入，大叫大嚷震耳欲聋：“疯狗丫头，狗嫌儿饿得等着你喂奶！”

荷包眼泡红肿，眼珠子布满血丝，嘴里喘出的热气能把人烧成灰，恶狠狠冷笑道：“姑奶奶两兜子奶水，一滴一粒金。”说着，扯开衫子，掏出乳房，挤出的奶水点点入地。

“原来你想卖钱，怎不早开口呀！”刘二皇叔松了口气，“我还有三亩地，收成都归你。”

“姑奶奶不要你的一粒粮，不吃你家一口饭，只要你三班鼓乐两棚经，四起八拜给戏子送葬。”

“冻死迎风站，饿死不低头！”刘二皇叔转身就走。

回到家不见了狗嫌儿，也不见了啭儿，他像一摊烂泥软瘫在台阶下。依稀看见啭儿的一串脚印，从屋里走到院里，从院里走出门外……他想站起来沿着脚印追寻，却又直不起身，只得手脚落地爬行。

爬过一条街，爬过两道巷，远远望着一棵老树黑荫下，啭儿正把狗嫌儿递给一位大婶，给狗嫌儿讨到了几口奶吃。

从这一天起，刘二皇叔身背狗嫌儿，哞儿头前引路，一路颤声吆喊着：“大娘大婶大姑大嫂子们！可怜可怜我家没爹没娘的狗嫌儿，赏他一口奶吃吧！”串百家门，讨百家奶，刘二皇叔不知下过多少回跪，磕过多少个头。

荷包掩埋了戏子，又到金榜坟前哭了一场，这才良心发现，于心不安，正想今后长住刘家，把狗嫌儿奶大，不提防从大河高岸的柳丛中跳出一条恶汉，不由分说把她绑架而去。

这条恶汉有一张刀疤脸，五大三粗高个子，面目凶狠丑恶。荷包被他搡进柳丛中，捆绑了双手，堵住了喉咙，剥下了衣裤，一把刮鱼刀子顶住她的脐下……荷包身上被他咬出一块块血印，拧出一道道紫痕。荷包浑身骨架寸寸脱节，疼痛得一动也不敢动。

“你那男人侯耍儿，欠我的赌债够买二亩八分地。”大个子呼噜气喘，满身淌着油汪汪蚕豆粒大的臭汗珠子，“侯耍儿赖了一天又一天，混过一月又一月，还不上分文只得把你卖给我，我吃了个大亏。”说着，把荷包口中的草团子掏出来。

荷包虽像一具活尸，眼珠儿却能滴溜乱转，说：“你把侯耍儿找来，我替你当面讨债。”

大个子拿过她的衫子遮住她的下体，说：“我沾过了你的皮肉，舍不得他把你赎走。”

“好马不吃回头草，我也想跟定了你。”荷包撒娇装痴，说，“只是不当面骂一骂侯耍儿，这口恶气出不净，窝在肚里憋成气臌，死不了也活着没趣儿。”

“我手到擒来，你等着吧！”大个子虽把衣裤给荷包穿起来，却又捆紧了手脚，堵死了嘴。大个子飞跑到赌场，一会儿就把侯耍儿押到。侯耍儿见到荷包，厚颜无耻，嬉皮笑脸道：“大个子是头大叫驴，正配转你这盘磨。”大个子又掏出荷包嘴里的草团子，说：“骂他！”

荷包满脸杀气，两眼凶光，说：“大个子，你把侯耍儿在我眼前大卸八块，我不光身子归了你，心都吐给你。”

侯耍儿吓得掉头就跑，大个子飞起一脚把他踢翻，脚踏胸口，像压了块磨盘，手里掂了掂刮鱼刀子，怪笑道：“荷包上眼，看我手艺！”

“杀……人……啦！”侯耍儿嗓子眼儿挤出一声呼救。

“割下他的舌头！”荷包从旁指点。

大个子是杀猪的出身，侯耍儿饱尝宰割之苦才死。大个子收拾完毕，便招来一大群乌鸦野餐。

过河到西岸，荷包只当大个子带她回家过日子，谁知走了一天一夜也不歇脚。她磨出两脚水泡，寸步难行，坐在路边不想动窝儿。

“站起来，走！”大个子踢她的腰眼儿。

“你带我到哪儿去？”荷包咬牙站起身，脚疼又跌倒。

“天津卫。”大个子这才亮底，“我隐姓埋名，到九河下梢渡口，卖苦力养活你。”

“我不离开运河滩。”荷包咕咚躺倒不起，“我想我的娘，想我的闺女啭儿，更想我那干儿子狗嫌儿……”狗嫌儿仨字一出口，荷包只觉得肝肠寸断，放声哇哇大哭，奶水哗哗直淌。

“你得六根除净，跟我奔前走！”这时，一阵嗒嗒驴蹄声自远而近，大个子喊道：“赶马脚的，过来！”

“前程哪一站？”赶脚的沙哑着嗓子问。

“一路顺风天津卫。”

“给多少脚力钱？”

“要多少给多少，只要你脚力快。”

“我这头驴，日行千里，气死赤兔，夜行八百，赛过乌骓。”

赶脚的走过来，弯腰搀架荷包上驴，两人目光一碰，都吓了一跳。

“老双叔！”荷包泣不成声。

“侄女儿，你上哪儿？”单老双伸手给她擦泪。

荷包怒目一指大个子，哭道：“他要把我拐到天津卫，老双叔救我！”

大个子叫屈，说：“她的男人侯要儿把她卖给我，她就得跟我上天入地。”

单老双问道：“侯要儿这个畜生在哪里？我饶不了他。”

荷包又一指大个子，说：“他杀了侯要儿。”大个子也一指荷包，说：“杀侯要儿是她主使。”

“杀人偿命，欠债还钱。”单老双从腰上解下装钱的褡裢，“侯要儿欠你的债，我替他还上，你带着钱跟我到衙门投案。”

大个子竖起牛眼，说：“杀一个是死，杀俩有赚头，你也别想活。”

单老双面无惧色，拉开刀枪架，学着《打鱼杀家》的肖恩叫板：“娃娃！那就怪不得二大爷手下不肯留情了。”

大个子被他唬住，抱拳盘道，说：“敢问您是哪一路哪座门的前辈？”

单老双一拍瘦骨嶙峋的胸脯，反问道："你可知道河东刘二皇叔？"

"北运河上走船，谁能不知他老人家？"

"桃园结义，我是他大哥。"

"小子有眼不识泰山，得罪了。"

"多交个朋友多一条路，多得罪个人多一堵墙。"单老双又把装钱的褡裢系回腰间，"我不还你的钱，也不把你告官；我送我的侄女儿还乡，你下你的天津卫，咱们各奔前程！"

大个子难舍难离，说："荷包，我一心想跟你生儿养女白头到老。"

荷包却一转脸，忍住脚疼，蹿上驴背，不等单老双吆喝，自己打驴快跑。

驴跑比人走快，当天傍晚就回到运河滩，从北沙窝子渡口过了河，上堤只见一老二小，刘家锅伙迎面而来。

"积德修好的大娘大婶大姑大嫂子们！可怜可怜我家没爹没娘的狗嫌儿，赏他一口奶吃吧！"头前一溜小跑的啭儿，一声叫得更比一声高。

身背狗嫌儿的刘二皇叔，恍惚看见对面驴背上骑着个妇人，啭儿的喊声一落，他便跪地磕头。

"二叔！"荷包心上像被捅了一刀，从驴背上滚下了地。

"你是……"刘二皇叔老眼昏花，没有看出荷包的面容。

"我谁也不是……我没脸见人！"荷包叉开双手，横七竖八抓破了脸，滚爬到刘二皇叔身边，抢过狗嫌儿，扯开衫子，掏出奶头填进狗嫌儿的嘴。

34

七十三八十四，阎王不叫自己去。刘二皇叔只活了六十多，命不该死。

闹义和团打洋鬼子，他已经十岁出头，金钟罩铁布衫，都过得硬。辛亥革命小皇上退位，他娶了媳妇小登科。一年之后得了个儿子金榜，从这以后便流年不利，一步一步走背字儿。金榜生子叫狗嫌儿，那一年日本鬼子占领了东三省。这时的北运河两岸，被大汉奸殷汝耕出卖给日寇，另起国号，草民百姓都沦为亡国奴。

孤儿不孤，狗嫌儿有爷爷刘二皇叔和干奶奶张团圆。此外还有个比亲爹还亲的干叔叔杜大活驴。杜大活驴就是长大的驴儿。驴儿年刚十五就五尺多高，驴儿便改叫活驴。活驴又长高一头，腰围又粗了一圈，活驴便高升为大活驴了。

八路军来到运河滩，刘二皇叔已经五十有五，张团圆也四十大几，杜大活驴年近三十还娶不上媳妇，他自个儿并无这个想头，只顾干活、背纤、赶脚、卖苦力，挣下钱来供干侄儿狗嫌儿上学。他娘张团圆也不替他着急，杜大傻子已死二十多年，她跟刘二皇叔搭伙过了二十多年的日子，不是夫妻，胜似夫妻，哪里还管杜家绝户不绝户？只是刘二皇叔于心不忍，不眼看杜大活驴有了家小，心上就像压住一块磨盘。

然而，战乱年月，八路军和日伪军在北运河上拉锯，难得一日不闻枪声，不见硝烟。杜大活驴傻大黑粗缺心眼儿，不是好色之徒却落了个调戏东家小姐的罪名，只有背井离乡外逃。狗嫌儿这棵刘家的金秧子，兵荒马乱中也是人命危浅，朝不保夕，刘二皇叔只得咬一咬牙，把他送到通州的“花旗地”。

那时的北运河通州流域，五千平方里（1200平方公里）三十万人口，只有一块五平方里（1.25平方公里）的安全岛，那就是从一八六七年美国租用的潞河学园（教会、中学、小学、医院、农场），四乡八镇基督教徒中的有钱人，都在潞河学园内租房赁屋，一有风吹草动，便带着金银细软、地亩文书，躲进了花旗地。刘二皇叔不是有钱人，更不是基督教徒，想把孙子狗嫌儿送进花旗地避难，比搭起梯子登天还难。谁想，风云突变。历年潞河中小学都向京、津二市和冀、晋、鲁三省招生，八路军拦腰斩断京汉、津浦、北宁、石太铁路，津、冀、晋、鲁交通受阻，考生大大减少，不得不向本县乡镇大开校门。狗嫌儿聪明绝顶，一考就考了个榜首头一名。刘二皇叔为了栽培孙子不惜血本，卖尽了千辛万苦开垦出来的河滩地。多亏张团圆那三亩薄地还能打出几石粮食，羼上槐花、榆钱、杨芽、野菜，半饥半饱饿不死。战乱年月，刘二皇叔无心种田，他把脑壳拴在裤带上，给八路军当交通。刘家锅伙庙小神灵大，成为八路军最可依靠的堡垒村。

狗嫌儿寒暑假回家，跟着爷爷耪地学拳脚，从小学四年级到高中二年级，刘二皇叔只看见他的个子长高，此外并无多大变化。这时，在北运河上跟八路军拉锯的已不是日本鬼子，而是国民党军。一九四七年夏季北运河东岸土改，地无一垄的老交通刘二皇叔，当选刘家锅伙贫农团团长。有一天月黑夜，各村贫农团团长在河滩柳棵子地里开秘密会，跟运河滩土改工作团见面。四盏风灯晃动，照得人影幢幢；刘二皇叔眼前一亮，大吃一惊，孙子狗嫌儿竟是土改工作团的一名团员。

原来，狗嫌儿在潞河中学，秘密加入党的地下外围组织，列入国民党的黑名单。大搜捕前夜，地下党将他们撤到北运河冬训，关在一座关帝庙里受训一个月，都被分配到各个土改工作团当文书，写汇报。

土改工作团员都不暴露真名实姓，狗嫌儿化名独孤，而且假装跟爷爷人生面冷不相识。刘二皇叔听着他的名字刺耳，更恼他的六亲不认。

土改运动刚开了个头，斗地主忽然变成了窝里斗。土改工作团清理可疑分子，各村贫农团清除不良分子，这叫搬石头，搬来搬去也搬到刘家锅伙，刘二皇叔虽已地无一垄，但他是“汉昭烈帝之苗裔”。皇上是最大的地主，刘二皇叔是最大地主的后人，岂能混入贫农团，还要当团长？刘备本是织席贩屦之徒，可算赤贫，桃园三结义之后有了关云长张翼德做左膀右臂，就加入了讨平黄巾的地主武装。北运河刘姓是通州的四大家族之首，沿河各村都有姓刘的地主，谁敢保刘二皇叔不吃里扒外，跟地主还乡团暗中勾结，破坏土改运动？

刘二皇叔不是舍不得贫农团团长这个官位，只因一辈子顶天立地丢不起这个脸。他到土改工作团大吵大闹，竟被新来的锄奸队的枪口顶住太阳穴，五花大绑关进站笼，抬到牛车上到各村游街。一气之下老人身患重病，趴炕不起，有张团圆在身边服侍，死里也能逃生。如果不是狗嫌儿也被搬了石头，老人万万不会出生而又入死。

这一天早起，三天昏迷不醒、水米不打牙的刘二皇叔，睁开眼睛就喊饿，张团圆喜上眉梢，一块石头落了地，连忙给刘二皇叔抻面，洒两个鸡蛋，炸红辣椒，叫刘二皇叔出透通身大汗，出了火败了毒。刘二皇叔自己动手洗脸，洗出三盆泥汤。他又会不用照镜子，自己摸着脑瓜儿，给自个儿剃头。剃了个光头净脸，吃下一大海碗热汤面，虽然身子发软，却已神清气爽。

“鞑子，我有两句肺腑之言。说出来又怕刺耳，不知你肯不肯听？”张团圆察言观色，拐弯抹角问道。

刘二皇叔辛酸苦涩，干笑两声，叫着张团圆的乳名，说：“丫儿，咱俩同生共死几十年，难道你还不敢跟我掏心窝子吗？”

“那……我就爹起胆子……说给你听。”张团圆拿起一把蒲扇，给刘二皇叔扇凉，“鞑子，你这辈子吃过多少亏，到老也还是自个儿把自个儿蒙在鼓里，谁也叫不醒。”

“皆因我爱戴高帽儿，谁把炭篓子扣在我的头上，我就是明知上当也要撞南墙。”

“那我就要斗胆问你，你可见过，白纸黑字，铁券丹书，写着一千多年前那个当皇上的刘玄德，是你家的祖宗？”

刘二皇叔百感交集长叹一声，闭上眼睛，两大颗老泪淌下眼角，不摇头也不点头，半晌才说：“丫儿，等这场大病过去，我恢复了元气，雇一乘八抬花轿，把你娶进家门，管他狗屁不值的祖训家规！”

“鞑子，我那天字出头儿的夫呀！”张团圆放声大哭，一头扎到刘二皇叔的怀里。

“爷爷，奶奶，我给二位老人家道喜！”柴门大开，跑进一人，站在院里欢呼喊叫。

刘二皇叔睁眼，只见正是化名独孤而六亲不认的孙子狗嫌儿。

“滚！”刘二皇叔怒吼一声，“我是给搬了石头的不良分子，别沾你一身晦气。”

“您不良我可疑，搬完了您又搬我。”狗嫌儿走到窗外，跟爷爷只隔一层窗纸，“您是汉皇后裔，我是您的孙子，在劫能逃吗？”

“冤……冤……冤呀！”刘二皇叔拳擂炕面，呼天喊地，“咱家的祖根……是胡刘，不是……不是汉刘！”

“胡刘也是反动帝王。”狗嫌儿嘻嘻笑道，“‘五胡乱华’之首的匈奴人刘渊灭亡了西晋，在山西临汾建立了成汉王朝，父子两代当了五十多年皇上，兵败逃回大漠，有一支在北运河流域落户入籍，归宗在汉刘名下……”

“哎呀，我没活路啦！”刘二皇叔痛叫一声，胸膛中血如泉涌，血花喷溅四壁和顶棚。

“狗嫌儿，快去给你爷爷请大夫！”张团圆哀叫变声。

大夫请到，刘二皇叔也咽了气，身背不良分子黑锅，含冤而死，只能草草掩埋。恰巧，外逃数年的杜大活驴，带着一窝妻子儿女叶落归根，就充当了打幡、摔盆、背灵的孝子。

35

杜大活驴虽然也是扛长工，但是嗜好喝酒、赌钱、打架。有一年盛夏酷热，他脱光了身子，在庄头黄马褂儿的大院后墙外苇塘里摸鱼；黄马褂儿那个嫁不出去的爱女香粉儿登上角楼吹风乘凉，手捂着脸，从指缝里偷看杜大活驴的赤身裸体。他发觉香粉儿的目光，便一边挤眉弄眼扮鬼脸儿，一边摆弄下身的一鸡两蛋，大叫道：“屌大赛棒槌，捅开大红门！”香粉儿恼羞成怒，放声大哭，惊动了躺在正房凉榻上抽大烟的黄马褂儿，扔下烟枪走出屋门，仰脸问道：“香粉儿，谁吓着了你？”香粉儿在角楼上哭叫道：“老杜家那个活驴，光着身子在我眼前耍……”黄马褂儿大怒，喝令护院打手到苇塘把活驴捆来，乱棒打死给小姐出气。杜大活驴耳尖，听见香粉儿的哭叫和黄马褂儿的咆哮，顾不得穿上衣裤，光屁股一丝不挂逃出村外，跳河逃到天津卫九河下梢，一走八年不知下落，重归故里带回了四口人：一个后婚女人和一女二男。女儿叫金罐；家无隔夜粮，更无三分银，免了金字只叫罐儿。儿子一个叫马桩，一个叫门闩。他跟那个女人颗粒无收，没有生下一男半女。

回到北运河闹土改，他当上三村贫农团的锄奸委员，不怕枪打出头鸟，不怕出头椽子先烂，带头斗争黄家大院。老地主黄马褂儿逃到县城，留下坐地招夫的女儿香粉儿兵来将挡，水来土掩。清算香粉儿大会，好男不跟女斗，贫农团没有几个男人到场。那时候的女人还不愿抛头露面，到场的女人也没有多少，会场冷冷清清，像个吊孝的灵堂。香粉儿趁此时机，一把鼻涕两行泪，那几个到场的稀有女人，陪着她异口同声哭得像个大合唱。杜大活驴从会场外路过，气得火冒三丈三，冲进会场直奔香粉儿面前，抡起巴掌左右开弓，连打香粉儿十八个大嘴巴，打得香粉儿的脸肿成了猪头。

“你偷看我在苇塘浮水，浪母狗反咬我一口，害得我背井离乡受够了罪。今天我叫你多看几眼，看个够！”说着，解开裤带，扯开裤裆；到会的女人惊叫四散，香粉儿不敢走，也闭上眼睛。杜大活驴又打嘴巴臭骂，香粉儿只得瞪圆了眼，他又叫香粉儿张大了嘴，把憋足的一泡热尿浇进香粉儿嘴里。

杜大活驴的胡作非为，惹得贫农团里女人不满，男人反感，工作队便撤了他的差。不久，地主还乡团反攻倒算，杀害贫农团的男子，强奸贫农团的女人。这时大家才想到杜大活驴污辱香粉儿并不过火，又把他请出了山，当的是民兵队长，跟地主还乡团刀对刀枪对枪，头一仗他就旗开得胜，杀仨抓俩。他手里有了枪，脾气更粗暴，嗓门更高，横行霸道谁也不敢惹。

不知是地主还乡团还是贫农团里的冤家对头，在一个月黑风高的夜晚，把他的女儿蒙头裹脑捆绑到河滩上，一窝蜂的歹徒像饿狗扑食，一个接一个腌臜了罐儿。

牛蒡被搬了石头，无颜见村父老，平时白天闭门不出，晚间才到河滩干活。这天半夜刚进青纱帐，忽听一片柳棵子地里有个女人呻吟，钻进去一看，便看见了满身血污伤痕的罐儿。

牛蒡把她背回家去。杜大活驴一不忙着给女儿裹伤寻医，二不盘问歹徒是谁，给女儿报仇雪恨，却大骂女儿道："你这个丢人背兴的贱货，给杜家的门面上擦黑抹屎，找一棵歪脖树上吊去！"

活驴婶子眼泪汪汪，说："你不收留她，她只有死路一条了。"

杜大活驴哼道："饿死事小，失节事大；悬梁上吊，投河溺井，落个贞节烈女的美名。"

牛蒡一旁看得不忍，说："背到我家养伤治病吧！"

活驴婶子千恩万谢。罐儿的衣裤已被撕得破碎，牛蒡又脱下自己的学生装穿在罐儿身上，奔跑着把罐儿背回自家的柳篱小院。

牛蒡住东屋，罐儿跟活驴婶子住西屋。活驴婶子鸡鸣即起，回家喂了猪喂鸡，喂了鸡赶快熬粥，填饱杜大活驴、马桩和门闩的肚子。活驴大婶一天到晚手忙脚乱，匆匆给罐儿送三顿饭，罐儿吃饱放下筷子，她急忙把碗筷拣进柳篮，抬脚就走。罐儿心里有火，口干舌焦，都是牛蒡给她送水。

罐儿连睡两天三夜，虽然下身仍然疼痛，气力却又壮了起来。她是个心宽爽快话多的女子，醒来听不见东屋的动静，便大声问道："兄弟在家吗？"

牛蒡躺在东屋炕席上，苇席雪白、阴凉、光滑、柔软，他却觉得如卧针毡，火烧火燎。心上像压着磨盘，脑瓜子上像勒紧几道铁箍，昏昏沉沉，浑身乏软，懒得睁眼，懒得起炕，连翻身都懒得动。

罐儿连叫三声，他才不得不有气无力答道："活着哩！"

"你病啦？"罐儿又问道。

牛蒡一声不吭过了半晌，才气哼哼扔过一句："死不了。"

罐儿心中生疑，挣扎着下了炕，扶墙摸壁蹭到东屋，看见牛蒡两眼紧闭，脸色惨白，半死不活，便把一只手放在牛蒡前额上。女人温软的手直通心窍，女人的柔声低问悦耳感人。牛蒡泪水哽咽喉咙里，嘴一咧哭了。

牛蒡收留罐儿，干姐蝽儿很不愿意。罐儿只当牛蒡是受她连累，说："想是你干姐姐嫌弃我这条脏身子，怕给你这个白面书生脸上抹黑，我走！"

"罐儿姐，你多疑了！"牛蒡慌忙扯住罐儿的手，长叹一声，"她没有说三道四，是土改工作队把我当坏人，我有口难分。"

"那也不能憋闷在肚里，窝出了毛病。"罐儿把手伸进牛蒡的小褂里揉胸口，"我给你化一化。"

牛蒡被揉得心神飘忽波动，一把握住罐儿的一只手腕子，说："罐儿姐，你不该遭这一劫。难道你就没有看破、听出一个歹人？说出那个人的名姓，我替你杀了他。”

罐儿张了张嘴，欲言又止，摇了摇头，说：“我给蒙住了脑瓜子，一个也没有看见，他们没说过一句话，我听不出是谁。”

“罐儿姐，你可也不能死心窟窿钻牛角尖呀！”牛蒡劝道，“养好了伤，如花似锦的日子还在后头。”

罐儿凄然一笑，说：“好事不出门，臭名传千里。正道人家谁肯娶我进门？我爹不逼我寻死也得卖了我，眼不见心净。”

“你爹敢卖你，我要抱打不平，两肋插刀！”牛蒡气壮赛过牛，胆大能包天。

罐儿却并不觉得有了靠山，一声又一声连叹三口气，说：“兄弟，你忘了我爹叫活驴，惹恼了他就嚼蛆喷粪，你别找个屎盆子扣在头上。”

从这天起，牛蒡躺在炕上睡懒觉，也不串门儿，到夜晚天黑才下河浮水洗洗身子。一日三餐都是罐儿蒸饽饽炒菜，给他摆放在炕桌上，催他爬起来吃饭，只差没有喂他。

罐儿住在刘家小院，睡得香甜，没人打扰，又吃了些偏方土药，眼见着一天天壮实，脸上有了血色，嘴唇也红起来。

谁知刚有了笑脸儿，死路一条就在面前。一天早晨，她刚喝下一口粥，突然心里一阵恶心，哇地一声吐了出来，吐了一口又一口，呕出了黄汤绿水。她娘生儿育女几十年，马上就断定她肚子里怀上了孽胎。

罐儿一头朝墙撞去，亏得活驴大婶手疾眼快，双手把她抱住，才没有碰伤一根汗毛。

“儿呀，别死心眼儿寻短见。”活驴大婶哭劝道，“你爹给你找了主儿，能打胎就打胎，打不下胎也能圆上脸儿。”

罐儿恶狠狠问道：“老畜生是不是把我卖到花船上当水鸡（妓）子？”

“他虽是活驴也通人性。”活驴大婶把女儿抱在怀里，“有家贩山货的船主儿，是一对磕头换命的把兄弟，他俩摊钱买个合伙的媳妇……”

罐儿一把推开她娘，尖叫道：“我刚给几个男人五马分尸，你们又把我卖给两个男人二狗撕皮！”

活驴大婶堆起笑脸劝道：“一个男人是本主，一个男人拉帮套。咱刘家锅伙没一户，老庄户和苏洼子却有几家。”

“老娼妇！”罐儿大骂亲娘，把一碗滚热的菜粥泼到她娘脸上，烫出几个大泡。

活驴大婶仓皇逃走，罐儿躺倒炕上放声大笑，又扯着脖子大哭，疯疯癫癫。东屋的牛蒡忙跑过来，按住她的手脚堵住她的嘴，轻声柔气劝她退一步想天高地广。罐儿不哭不闹了，牛蒡又打水给她洗脸，拿出栊子给她梳头。

“我不想活了，不……想……活了……”罐儿哑着嗓子喃喃自语，泪流满面。

牛蒡心如汤煮，跺了跺脚，一拳砸在炕沿上，说：“罐儿，我娶你！”

罐儿一阵怪笑，说：“别戏耍我了。”

牛蒡一口咬定，说：“我雇八抬大轿，三班鼓乐，堂堂正正把你搭进刘家门来。”

“多谢了，亲人！”罐儿从炕上爬起身，搂住牛蒡脖子，“你十年寒窗，当朝一品的前程，我是脏身烂货不如破鞋，怎能连累你败兴、背时又倒运？”

“我心甘情愿！”牛蒡的口气更斩钉截铁。

“亲人，好人，你这一片真情，我心领了！”罐儿在牛蒡脸上鸡啄米似的亲吻，“我只求你，陪我过花家。”

“咱俩都不是三岁的孩子了。”

“你买一股高香，两根喜烛，三尺红布当盖头，今晚上夜深人静，咱俩头顶着月亮拜天地。”

“我这就去买。”

老庄户村有个小杂货铺，牛蒡买齐高香、喜烛、红布回来，罐儿已经包得子孙饽饽（饺子），抻得了长寿面。

半夜，月白风清，弥漫着花香水汽，罐儿和牛蒡一板一眼拜了月，手牵着手走进堂屋，牛蒡本想各奔东西（屋），罐儿却死缠活绕不撒手。

“送佛送到西天，假戏真做唱到收场吧！”罐儿目光悲伤，满脸乞怜神色。

牛蒡虽然觉得自己有趁火打劫之嫌，却又不敢伤了罐儿的心，只得强作欢颜点头同意。

直到日上三竿，牛蒡才被院外的哭叫声和奔跑声吵醒。他穿衣出门，只见一拨一拨村里人，向河湾处跑，活驴大婶跌跌爬爬，扎煞两手，哭喊着：“儿呀，儿呀！你不该……不该撇下了娘……”牛蒡顾不得搀扶她，也跟着村里人跑向河湾。

河湾，老龙腰河柳，一根麻绳悬挂着上吊的罐儿，顶在头上的三尺红布，像一摊血。

罐儿被埋葬在河边的一道白沙冈上，风吹雨打一座孤女坟。牛蒡在坟前种上一棵桑树，罩在坟头上，免得罐儿日晒雨淋。

牛蒡行为古怪，早被赶出刘门的前妻，不能隔岸袖手旁观，冷眼看热闹了。

36

五月初五端午节，家家包粽子，人人吃粽子。每人都到河岸上，手举一支高香，把一只粽子投下河去，舍给河里的溺死鬼。节前三天，刘二皇叔给荷包送来三升黄米，一瓢大红枣。黄米少红枣多，粽子酽甜好吃。包粽子多用隔年苇叶，陈叶包出的粽子不如新叶包出来的香，五月的新叶很难得。阳春三月钻苇锥，长到五月不够二寸宽，没有三寸的苇叶包不住粽子。三寸叶并非没有，只是十分稀少。啭儿整天哄牛蒡玩，有闲工夫到河边钻苇塘，百里挑一选苇叶。

为了节省衣裳，啭儿从立夏就光着后背，只在胸前挂个红兜肚，红兜肚上扎花绣朵，给女孩儿添点彩色。啭儿人小手巧，自幼就会打扮，在兜肚的红花绿叶上，还扎了个黄蝴蝶。她把牛蒡背在后腰，一条不长不短的辫子在牛蒡眼前晃动。辫根上插着一束香蒿，香蒿那醉人的气味直钻牛蒡的鼻孔，留存在他的鼻孔中几十年如一日。到河边苇塘，啭儿把牛蒡安放在柳荫下，挖了个沙坑把牛蒡的半身埋进去，头上的柳圈插满了野花。她进入苇塘选叶子，一顿饭工夫也只挑选了一小把，不够包十个粽子，白白投河喂鬼，心中咒骂馋鬼吃她的粽子得噎嗝。见花蝴蝶三三两两，在牛蒡头上飞来转去，牛蒡两只小手前遮后挡，却不能把花蝴蝶赶走，又被逗得扑哧一笑。

“长大十有八九是个采花贼！”嵇儿轻声骂牛蒡道。

她走到牛蒡面前，蝴蝶一哄而散。

本来，嵇儿跟她娘合盖一床被子，已经顾头顾不了脚，多了一个牛蒡就更难遮身蔽体。荷包偏心眼儿，生怕牛蒡挨冻，把牛蒡放在中间，她和女儿一左一右像烙馅子，夹在中间的牛蒡胸前背后都像炉烤。荷包还怕牛蒡受委屈，自个儿脱光了上身，搂抱着牛蒡睡，又叫嵇儿一丝不挂，紧贴牛蒡身上，这就更苦了嵇儿，一夜不知冻醒了几回。前胸热得像三伏，后背冷得像三九。

牛蒡七岁上学，被爷爷接回家，白天上学高高兴兴，夜晚睡觉没有奶妈和干姐姐陪伴，大哭大闹睁着眼睛不瞌睡，刘二皇叔只得找荷包求救，荷包一笑，愿将嵇儿许配给牛蒡当伴郎媳。只要孙子能够安睡，刘二皇叔不惜饮鸩止渴，马上交换龙凤帖，写下大红婚书。

十三岁的嵇儿穿一身红袄绿裤，抱个梳头匣子，不坐轿不吹打，媒人牵着她的手，众目睽睽之下进了刘家。伴郎媳不是已婚的妻子，也不是仍然男女有别的未婚妻。嵇儿最高兴的是两人共有一床大花棉被，从此解除冬夜被冻之苦。

牛蒡十三岁考取通州潞河中学，这是全国闻名的一所美国教会学校，考取潞河中学被称为中了洋举人。谁想，嵇儿却一反常态，死活不许牛蒡走出刘家锅伙。

啭儿不吃不喝不睡，直着脖子哭叫，扯乱头发疯闹。刘二皇叔只当她中了邪，便找荷包前来捉妖。荷包在男人死后昏睡三天三夜，醒来一睁眼，竟变成了半仙之体。一会儿是张天师之妹，一会儿是骊山老母之女，有时又自称是铁扇公主牛魔王之妻。

荷包驾到未开言，啭儿就猛扑到她的怀里，呼天唤地大哭道："娘呀，我没脸见人啦！狗嫌儿……腌臜了……我的身子。"

"干爹，你养了个采花淫贼的孙子！"荷包像一头护犊子的母老虎，炸响的二踢脚蹦起八尺高。

刘二皇叔赶忙给干女儿赔礼，说："我打断他的双腿，给你们娘儿俩出气。"

恰在此时，牛蒡身背一捆青柴，从河滩归来，进门大声喊冤："爷爷！啭儿姐对我威逼利诱，软硬兼施，我才不得不非礼而动。"

"那是我哄你玩，你就当真呀？"啭儿虽然嘴硬，却已气虚。

母老虎荷包听话听音，心知女儿并不占理，换上笑脸儿问刘二皇叔道："干爹，肥水没流外人田，肉烂在自家锅里；家丑不可外扬，您老人家是不是就做个顺水人情。"

"找算命先生，选黄道吉日。"刘二皇叔沉着脸，"赶早尽快办喜事。"

"狗嫌儿，这可不是我牛不喝水强按头吧？"啭儿向牛蒡偷偷挤眉弄眼扮鬼脸儿。

"啭儿，你听着！"刘二皇叔脸色铁青，"三年之内，你不能给我生下重孙子，我就叫狗嫌儿休了你！"

三年眨眼而过，啭儿不曾有喜，也就没有生下一男半女，刘二皇叔虽不是金口玉言，也是令下如山倒。刘二皇叔铁石心肠，硬逼牛蒡写下休书。牛蒡和﨑儿自幼同衾共枕，情比桃花潭水深千尺，刀砍不断，棒打不散，双双跪倒刘二皇叔面前，哀告开恩，延长一年，刘二皇叔心肠一软点了头。

日思月盼又一年，﨑儿的肚皮仍是空空如也，刘二皇叔翻了脸，不留片刻将﨑儿扫地出门。

生离死别之夜，﨑儿和牛蒡搂抱着哭泣，哭一会儿亲热一回，亲热了不知多少回也就哭了个通宵达旦。

“但愿今晚你给我撒下的种子能发芽。”﨑儿哭得像房檐滴雨，“你放假回村来，咱俩暗中还做夫妻；等我肚子大了，再找爷爷讲理。”

“姐姐，你放心。”牛蒡一字一句，板上凿钉，“你不改嫁，我不再娶。”

﨑儿回娘家，牛蒡回学校，每逢假日便幽会在桑间陌上。刘二皇叔催促牛蒡娶填房，牛蒡左耳进右耳出，并不遵旨照办。拖延了一年又半载，爷爷病故，牛蒡想跟﨑儿复婚。

﨑儿跟牛蒡从柳棵子地滚到河滩，又从河滩滚进青纱帐，疲软得像一摊花秸泥，闭着眼睛淌眼泪，说：“狗嫌儿，这一年多我还挂不上驹；我注定不能给你生儿育女，不配当刘家的媳妇。”

“除了你我不娶别人，刘家反正是个绝户。”牛蒡是君子一言，驷马难追。

﨑儿的大姨嫁在苏洼子于家，两年前大姨死了，留下一儿一女，儿子于大昌二十四，已经娶媳妇，女儿于秀子才十三。大姨一死，秀子受嫂子虐待，也看哥哥的白眼。这个于秀子虽是女儿身，却是男子汉脾气，她不爱针凿女红，喜欢舞枪弄棒。不知跟谁学会了拳脚，哥嫂欺得她忍无可忍，挥拳踢脚把哥嫂打得鼻青脸肿。哥嫂把她扫地出门，她只得投奔到啭儿家。十三岁的姑娘力气比十八岁的小伙子大。刘家锅伙西南二里，有个牛犄角河口，陡岸如峭壁，河口像窄门，水急船难行。秀子每天盘起辫子，缠着个包头，穿一身她哥哥已经穿得破旧的紫花布裤褂，光着脚给顶风逆水南来北上的运货船背纤。从窄门外背到窄门里，一趟一里一升舱米。舱米就是从麻包里洒在船舱的杂粮，打扫起来也能到市上过斗贱卖。一升舱米三成沙土，秀子却觉得粒粒珠玑，一天起早贪黑背八趟，能挣净米半斗多，顺便还可捎回一筐草一捆柴，几条鱼一篓虾。她不吃闲饭，又能给啭儿家小有所补。姨父姨妈喜欢她，表姐啭儿更疼爱她。

她坐在牛犄角河口陡岸上，高高在上看得远，恰似欲穷千里目，更上一层楼。她的眼神至少能入木三分，一只飞蚊从她的眼前掠过，也能分出公母。只要牛蒡和啭儿出现在河滩上，一动一静都被她尽收眼底，两人钻进桑间陌上柳棵子地，她便跟踪而来，泼天洒地扬沙子。有时竟把一群群麻雀、马蜂、野兔、贼獾、狼叭狗子赶进柳棵子地里，闹得天昏地暗，惊吓得牛蒡和啭儿抱头掩面而逃，有如鸡飞狗走。

牛蒡和啭儿洞房花烛夜，啭儿迫不及待，恨不能当天夜晚就怀孕坐胎。她一遍又一遍颠倒牛蒡，不许牛蒡喘息片刻。房中乐事，要有个清静环境，心神安定；但是后窗根下，一整夜都有个小老头儿咳嗽不止，扰得他们不能放开手脚。天麻麻亮，啭儿到屋后柴垛抱柴做饭，看见一只刺猬被拴在后窗根下的柳丛中，不知被谁喂了盐，不住声咳嗽。新婚燕尔一个月，天天不得安宁，也就没能坐胎怀孕。

牛蒡念书不常回家，回家跟啭儿同床共枕便受到惊扰，过了一年啭儿的肚子还是一马平川，不见丘陵隆起。啭儿多了个心眼儿，有一回她不上炕跟牛蒡亲热，却装出哼哼唧唧，呻吟连声。于是，后窗根下便有二犬相争啃骨头。她蹑手蹑脚走出去一看，一公一母两只花狗被拴在一棵榆树桩上，有人从草丛中把鸡骨头扔给这两只花狗儿，逗弄两只花狗儿争抢。啭儿大喝一声扑过去，草丛中耍骨头的人一跃而起，撒腿就跑。啭儿从那人的后影猜出，十之八九是秀子。

秀子自幼就野得像疯秧子，偏是她娘逼她穿红挂绿，她不爱穿又怕揭她的皮，只得硬着头皮套在身上，却像芒刺在背，胸脯子上蚂蚁爬。她到河滩上打青柴，一进草丛树棵子，便扒下红袄绿裤光身子。

牛蒡考入县城的潞河中学。潞河中学是美国教会开办的洋学堂，比一般学校的英文课多，也比一般学校多开了一门生理课。公开讲解男女生理结构，还有挂图可供观察。一天吃过晌午饭，他牛角挂书到河滩，忽听不远处的河边野麻地里，秀子直着脖子嘶叫。他顾不得拴牛便跑过去，只见秀子搂着肚子在白沙地上打滚儿，紫花布裤子湿透了血污。

牛蒡一看二问，马上恍然大悟，秀子来了月信。他念过生理学，虽然“纸上得来终觉浅”，火烧眉毛也只得下手给秀子收拾干净。打发她回家，自己躺在树荫下看了一会儿书，便呼呼大睡。

睡梦中，忽然被一阵拳打脚踢惊醒，睁眼一看是满面怒气的啭儿。

“下三烂的贱坯子，你给秀子淘井扫烟囱，不嫌背兴！”说着，啭儿又狠拧牛蒡的大腿肉。

“我心里没愧，不怕半夜三更鬼叫门！”牛蒡一边喊冤，一边躲闪，“我心里没病，不怕连吃三块冷年糕。”

有秧不愁长，秀子一天比一天熟透。啭儿和牛蒡被棒打鸳鸯以后，啭儿早想过拿秀子补她的缺。恰巧，大昌媳妇被地主还乡团绑架奸杀，也空了炕，她跟秀子换婚，正是各得其所两方便。于是，她光临柳篱小院，游说牛蒡。

“狗嫌儿，我当媒人，给你找个比我强得多的女人。”

“在我眼里，没有哪个女人比得过你。”

“那丫头刚十五，比我小九岁。”

“人无十年俏，花无百日红，谁都有年过四十天过午那一天。”

“我是碱地不出苗，那丫头能给你生五男二女。”

“怎见得？”

“那丫头奶子大，屁股圆，奶子大屁股圆的骒马都能下驹。”

“人不是马呀！”

“情同一理。”

“那是谁家的丫头？”

“于大昌的妹子秀儿。”

“原来是那个扎手的刺儿头，硌牙的铁核桃，我避之唯恐不及，你可别给我引火烧身。”

夜晚，啭儿前来相会。头遍鸡叫，天明之前，啭儿又跟牛蒡亲热得如胶似漆。临走，却说：“今天卯时三刻，有人把我娶走；你不必过去看热闹，我也不请你送亲。”

牛蒡一听，心窝像被扎了一刀，喊道：“咱俩有言在先，你不改嫁我不再娶。”

“对呀！正是为了男婚我才女嫁。”

“你嫁谁？”

“于大昌。”

“朋友妻，不可欺，这个多行不义的小人！”

“夺妻之恨不可不报。”啭儿煽阴风点鬼火。

“我会几招拳脚，叫他吃一吃皮肉之苦。”

“三拳两脚疼不过一天半晌，还是没占着便宜。”

“怎么才不吃亏？”

“拿我这烂杏一筐，换来鲜桃一口，娶他的妹子。”

于是，啭儿嫁给了大昌，牛蒡娶来了秀儿，走马换将。

图书在版编目 (CIP) 数据

村妇・锅伙 / 刘绍棠著. — 北京 : 北京十月文艺出版社，2018.5
（刘绍棠文集）
ISBN 978-7-5302-1771-9

Ⅰ. ①村… Ⅱ. ①刘… Ⅲ. ①长篇小说—中国—当代
Ⅳ. ① I247.5

中国版本图书馆 CIP 数据核字 (2017) 第 321743 号

村妇・锅伙
CUNFU · GUOHUO
刘绍棠　著

出　　版　北京出版集团公司
　　　　　北京十月文艺出版社
地　　址　北京北三环中路 6 号
邮　　编　100120
网　　址　www.bph.com.cn
发　　行　新经典发行有限公司
　　　　　电话（010）68423599
经　　销　新华书店
印　　刷　固安县铭成印刷有限公司
版　　次　2018 年 5 月第 1 版
　　　　　2018 年 5 月第 1 次印刷
开　　本　850 毫米 ×1168 毫米　1/32
印　　张　6.125
字　　数　140 千字
书　　号　ISBN 978-7-5302-1771-9
定　　价　25.00 元
质量监督电话　010-58572393
如有印装质量问题，由本社负责调换。